DREAMBOOKS★

마탑의 사서

양인산 판타지 장편소설

ORIGINAL FANTASY STORY & ADVENTURE

dream
books
드림북스

마탑의 사서 3

초판 1쇄 인쇄 2017년 1월 20일
초판 1쇄 발행 2017년 2월 6일

지은이 양인산
발행인 오영배
기획 박성인
책임편집 황지희
일러스트 MJ
제작 조하늬

펴낸곳 (주)삼양출판사 · 드림북스
주소 서울시 강북구 도봉로 173
대표 전화 02-980-2112 **팩스** 02-983-0660
편집부 전화 02-980-2116 **팩스** 02-983-8201
블로그 blog.naver.com/dreambookss
출판등록 1999년 3월 11일 제9-00046호

ISBN 979-11-313-0445-7 (04810) / 979-11-313-0442-6 (세트)

드림북스는 (주)삼양출판사의 판타지 · 무협 문학 브랜드입니다.

ORIGINAL FANTASY STORY & ADVENTURE
양인산 판타지 장편소설
마탑의 사서
3
dream books
드림북스

목 차

Chapter 01 마이셸 가문 … **007**

Chapter 02 발렌의 성장 … **045**

Chapter 03 레딘 폰 남바른 … **079**

Chapter 04 공동묘지 전투 … **111**

Chapter 05 엘리즈의 생일 … **165**

Chapter 06 연회 … **195**

Chapter 07 센티스 백작가 … **225**

Chapter 08 이반 벤 센티스 … **261**

Chapter 01
마이셀 가문

　　1. 불명예스러운 일(반역, 전시 명령 불복종 등)
에 의한 작위 해제

　　2. 재정 파탄

　　3. 영지전의 패배

　　4. 전쟁

　　5. 기타 등등

　　─『귀족의 몰락 이유』中 발췌─

　　　　　　*　　　　*　　　　*

시이나는 지금까지 보인 적 없는 험한 얼굴로 아베트를 노려보고 있었다.

"이번에는 또 웬 놈이냐?"

아베트는 짜증난다는 표정이었다. 별것도 아닌 놈 한 명을 죽이려는데 계속 이상한 놈들이 튀어나와 자신의 일을 방해했기 때문이다. 그의 눈앞에 보이는 여인은 방대한 마나를 주위로 발산시키며 위협하고 있었다. 아베트도 위협을 느낄 정도의 막강한 힘.

시이나는 살짝 시선을 옆으로 향해 메튜를 바라보았다. 그리고 으득 이를 갈았다.

사람을 죽인 것도 용서할 수 없는 일인데, 언데드로 만들어 조종까지 하다니. 죽은 자를 모욕하는 행위에 치가 떨렸다.

"어, 어머니⋯⋯?"

발렌은 말을 더듬으며 얼떨떨한 표정으로 자신의 어머니를 바라보고 있었다.

'도대체 이건⋯⋯.'

이걸 어떻게 판단해야 할지 머릿속이 복잡해졌다. 어머니가 마법사라니? 지금까지 그녀가 마법을 쓰는 것을 본 적도 없고, 들은 적도 없었다.

그렇기 때문에 모든 것이 혼란스러웠다. 마치 다른 사람으로 느껴질 정도로 괴리감이 컸다.

"발렌. 옆으로 물러나라."

힘을 실은 목소리. 왠지 거부할 수 없는 그녀의 위엄이 느껴지는 그 목소리에 발렌은 침을 꼴깍 삼키며 옆으로 물러났다.

시이나가 다시 정면을 바라보며 아베트에게 시선을 고정시켰다.

"이런 외곽 마을의 일반 가정집에 마법사라? 보기 힘든 일이로군."

전혀 예상치 못한 일이기에 아베트는 살짝 놀라기는 했지만, 별로 신경 쓰는 기색이 아니었다.

어차피 자신이 할 일에는 전혀 변함이 없기 때문이다. 그가 손을 들어 올리자 거대한 화염구가 그녀를 향해 날아들기 시작했다.

"위험……!"

발렌이 시이나를 구하기 위해 벌떡 일어나려는 순간이었다. 그녀의 주위로 마나가 두둥실 떠올랐다. 그리고 화살처럼 빠르게 화염구를 직격했다.

퍼엉!

화염구가 그녀에게 날아들기 전 허공에서 폭발했다. 아베트는 의아한 얼굴로 이를 바라보았다. 아베트가 날린 것은 파이어 볼.

위저드급 마법사가 되면 사용할 수 있는 공격 마법으로, 소모하는 마나에 비해 위력이 좋은 마법이다.

파이어 볼의 유일한 약점이라면 바로 작은 충격에도 쉽게 터진다는 것이다. 1서클 마법 중 유일한 공격 마법인 마나 애로우. 그러나 파괴력이 좋지 않은 마법이다.

주먹으로 때리는 정도의 위력밖에 발휘하지 못한다. 공격 마법치고는 형편없다고 볼 수 있지만, 저급 마법 중 마나를 거의 소비하지 않고 파이어 볼을 쉽게 상쇄시킬 수 있는 마법이기도 했다.

'우연찮게 사용하려던 마법이 마나 애로우였나?'

마나 애로우가 살상력은 크지 않지만 견제용으로 많이 쓰이기 때문에 우연이라고 치부한 아베트.

손을 펼치자 검은 아지랑이가 머물렀다. 흑마법을 사용하려는 것이다. 검은 아지랑이가 형태를 만들며 회전했다.

"다크니스 애로우."

검은 화살이 쏜살같이 시이나를 향해 날아들었다.

"쉴드."

카앙!

그러나 그 공격도 시이나의 바로 앞에 생긴 쉴드로 가로막혔다. 그녀가 만들어 낸 쉴드는 아슬아슬하게 균열이 일어난 채 구멍이 뻥 뚫려 있었다.

조금이라도 늦거나 쉴드의 강도가 약했다면 그녀도 무사치 못했을 것이다.

"호오? 이것도 대응했어?"

한 번도 아니고 두 번씩이나 자신의 공격을 방어해 냈다. 아베트가 호기심 어린 표정으로 그녀를 바라보았다.

마법사끼리의 싸움은 거의 눈치 싸움으로 해결되는 경우가 많다. 그러나 지금처럼 상대가 무슨 공격을 해 올지 알았다고 해도 늦게 대응하면 당하는 경우가 부지기수다.

아크 메이지 이상의 마법사가 아닌 한 캐스팅 없이 마법을 발현하기는 불가능하기 때문이다. 모든 것에 과정이 있듯, 마법은 캐스팅이라는 과정이 필요하다.

마나를 배열하고, 고르게 분산시켜 마법으로 발현시키는 것이 바로 캐스팅. 당연히 시간이 소요될 수밖에 없다. 그러나 시이나는 늦게 알아챘으면서도 재빨리 캐스팅을 해 그의 공격을 막아 냈다.

'그리고 마나가 차오르고 있어?'

아베트는 시이나의 마나가 비정상적인 속도로 다시 채워지는 것을 목격했다.

그녀는 살짝 인상을 일그러뜨리며 땀을 흘렸다. 몸에 부담을 시켜 가며 강제로 마나를 채우는 모습이다.

어디선가 많이 본 모습이지만 생각이 잘 나지 않았다. 최근은 아니고 꽤 오래전에 본 것 같았다.

"그렇군."

씨익—

아베트의 입꼬리가 옆으로 찢어지며 새하얀 이가 드러났다. 뭔가 알아냈다는 듯 보였다.

"이제야 생각이 났군. 그 경이로운 캐스팅 속도와 마나를 채우는 모습! 마이셀 가문의 비전이야!"

'마이셀 가문?'

"어디서 많이 본 사람과 닮았다고 생각했더니, 마이셀 가문의 행방불명된 딸년과 똑같이 생겼구나. 큭큭! 샤란 디 마이셀. 어딘가에서 죽은 줄로만 알았던 그 고귀한 가문의 조그맣던 꼬맹이가 다 큰 청년의 어머니가 되어 이렇게 눈앞에 있다니. 오래 살다 볼일이로군."

'샤란 디 마이셀?'

도대체 무슨 소리를 하고 있는 걸까? 발렌은 저자가 무슨 헛소리를 하고 있는 것인지 파악하기 힘들었다.

제정신이 아니라고는 생각했지만 완전히 돌았다 싶었다. 하나 시이나는 쯧! 하고 혀를 찼다.

그녀는 다시금 발렌을 흘깃 바라보았다. 아베트는 신난 듯 주절주절 떠들었다.

"이제야 설명이 되는군. 상대가 먼저 마법을 날렸는데 바로 대응할 수 있고, 소비한 마나를 빠르게 회복하는 기술까지. 마이셀 가문의 비전을 익힌 사람들이 아니라면 불가능한 일이지."

이제 속이 시원하다는 듯 스스로 납득해 버리는 아베트. 시이나는 여전히 발렌의 눈치를 보고 있었다.

지금까지 숨겨 왔던 걸 들킨 표정이라는 걸 발렌은 눈치챌 수 있었다. 저 말이 사실이냐는 듯 바라보는 발렌. 그들의 반응을 본 아베트가 거만하게 양팔을 벌렸다.

"뭐야, 아들놈은 전혀 몰랐다는 표정이로군. 자식에게까지 사실을 숨긴 거였나? 큭큭! 이거 본의 아니게 내가 다 까발렸군."

시이나는 한숨을 내쉬더니 발렌에게서 시선을 떼고 아베트를 바라봤다.

"아베트. 당신의 불명예스러운 행동으로 가문을 몰락시켰으면서 그것에 앙심을 품고 있다니. 당신과 같은 귀족이었다는 게 정말이지 수치스러워."

"큭큭! 불명예스러운 행동이라. 난 이 나라의 마법을 진보시키기 위해 행동했을 뿐이다. 그리고 그 결과를 이해하지 못하고 날 이단자라며 교단과 나라에서 칼을 들이민 것이지."

"무고한 사람들을 납치해 생체 실험을 자행한 당신이 할 말은 아니로군요."

"본래 천재의 생각은 범인이 따라가지 못하는 법이다."

스스로의 얼굴에 금칠을 하는 것이나 다름이 없지만, 시이나는 부정하지 못했다.

확실히 아베트는 수많은 사람들로 하여금 실험을 자행했지만, 그의 재능은 누구도 부정하지 못하는 천재였다. 그런 그가 흑마법을 배웠으리라고는 누구도 상상도 못했지만 말이다.

"자, 그럼 잡담은 여기까지 하고……."

순간 그녀에게서 변화가 일어났다. 금발이던 머리색과 자주색 빛이던 눈동자가 바뀌었기 때문이다.

머리는 적색과 금색이 합쳐진 색으로, 눈동자는 적색이 감도는 와인과 비슷한 색으로 변하기 시작한 것이다.

아베트가 그 모습을 보고 손을 탈탈 털었다. 손을 푸는 것을 보니 다시 전투에 돌입할 생각인 것 같았다.

시이나의 주위로 다시금 마나가 일렁이기 시작했다. 아니, 일렁이는 수준이 아니라 회전하고 있었다.

"정체가 까발려졌으니 숨기지 않고 전력으로 나오겠다 이거지? 큭큭. 30년 만에 마이셀 가문의 비전을 보게 되다니. 영광이로군."

"그 주절거리는 혀를 잘근잘근 짓밟아 주마."

"입이 험한 것도 그 핏줄을 그대로 이어 받았군. 마이셀 가문의 가주는 입이 상당히 험했지. 일단 네년의 방해 요소도 내가 처리해 주지."

시이나가 의아한 눈으로 아베트를 바라보다 그의 시선이 발렌에게 향해 있다는 것을 깨달았다.

"커억!"

발렌의 시선이 아래로 향한다. 배와 가슴에 날붙이가 툭 튀어나와 있었다. 언제 다가왔는지 모를 스켈레톤 워리어들이 그의 등에 칼과 창을 찔러 넣은 것이다.

"아아아아악!"

발렌이 괴로움에 비명을 질렀다. 아프다. 너무 아프다. 몇 번이고 배에 칼이 관통하는 경험을 했지만, 아픈 건 변함이 없다. 발렌은 온몸에서 느껴지는 고통에 몸부림쳤다.

"발렌!"

그의 주위로 돌풍이 일어났다. 스켈레톤 워리어들을 날려 버리고, 그녀가 쓰러지려는 발렌을 붙잡았다.

"발렌, 괜찮니?"

시이나가 허둥지둥 그의 안색을 살폈다. 죽어 가고 있는 것은 발렌인데, 그녀의 안색이 파랗게 질리기 시작했다.

"아들놈이 붙잡혀 있어서 나한테 졌다는 그런 하찮은 소리나 하지 않게 내가 미리 도와줬다.”

시이나는 아베트의 말을 듣지 못한 채 발렌의 안위만 살폈다. 급소는 아슬아슬하게 피한 것 같지만, 이렇게 많은 상처들이 있으면 과다 출혈로 죽을 수 있다. 지금 당장 손을 써도 생사를 장담할 수 없을 정도로 상처가 너무 심했다.

“어머…… 니……!”

발렌이 손을 내뻗어 시이나를 옆으로 힘껏 밀쳤다. 다 죽어 가는 상황에서 이런 힘이 어디에서 나오는 것인지 의문을 표할 시간도 없이, 또다시 그에게 고통이 들이닥쳤다.

뒤에서 그녀를 노리던 아베트의 프로즌 애로우를 발렌이 대신 맞은 것이다. 발렌의 몸에 얼음 송곳이 박혔다.

“바, 발렌!”

“이거 너무 눈물 나서 도저히 못 봐 주겠군. 마치 한 편의 연극 같지 않나? 목숨 바쳐 어머니를 구한 아들!”

“아베트 메아드!”

시이나가 증오로 가득한 얼굴로 아베트를 노려본다. 그는 그녀의 표정을 보고 황홀하다는 듯 몸을 부들부들 떨었다.

“아아, 정말 좋은 표정이야.”

“네놈……!”

"넌 너무 어리석었어. 아들을 구하고 싶으면 언데드들부터 처리하고 도망치게 만들었어야지. 그게 아니면 아들놈에게라도 가문의 비전을 알려 줬으면 이렇게 일방적으로 당하지는 않았을 텐데 말이야."

아베트의 입에 비릿한 미소가 걸렸다. 반면 시이나의 얼굴은 분노로 인해 일그러졌다.

"네놈만큼은 절대 용서치 않을 것이다!"

시이나가 분노를 토해 내며 아베트를 향해 달려들었다. 발렌이 차가운 대지 위에 쓰러진 채 시이나를 향해 손을 뻗었다. 그러나 닿지 않았다.

그는 결국 어머니의 분노한 모습을 마지막으로 의식이 어둠 속으로 녹아들고…….

"오빠, 얼른 와!"

레이나가 밝은 얼굴로 또다시 그를 맞이해 주는 광경을 목격했다.

발렌은 멍한 시선으로 주위를 둘러보았다.

바비큐를 굽고 있는 아버지와 침을 꼴깍 삼키며 돼지고기가 구워지는 것을 바라보는 이웃 사람들.

"후우!"

발렌이 하늘을 쳐다보며 숨을 크게 내뱉었다. 다시 리셋되었다. 이번에도 무력하게 당했다. 제대로 뭘 해 보지 못했다. 아니, 스켈레톤 워리어나 좀비는 어떻게 처리했지만 양에서 밀렸다. 이바나의 실험품이 도움을 주기는 했으나, 위력이 너무 들쭉날쭉해 제대로 처신하지 못한 것도 있었다.

분명 전과 같이 두려움을 강하게 남길 정도의 죽음을 당했지만, 희한하게도 전과 같은 공포가 사라졌다. 상상만 해도 덜덜 떨리던 손도 아무렇지 않았다.

'이번에는 죽음의 경험보다 죽은 이들에게 보답 받은 듯한 경험이었어.'

자신이 발악해도, 아무도 들어주지 않아도 그를 돕는 이가 있다는 것을 알았다는 것만으로도 충분히 자신감을 얻었다. 그는 미소를 지은 채 레이나에게 손을 흔들어 화답해 주며 반응해 주었다.

"이야, 정말 맛있겠네요. 무슨 날이에요? 갑자기 웬 바비큐예요?"

"호호, 사실은 어제 네 아버지가 일 년 만에 아들이 왔으니 닭을 잡자고 했었단다. 그런데 오늘 생각지 않게 거금이 들어왔잖니. 그래서 네 아버지가 돼지를 잡아 이웃 사람들을 초대했단다."

이미 들었던 얘기라 다 알고 있지만, 발렌은 모르는 척, 감동했다는 표정으로 같이 바비큐를 즐겼다.

한참 바비큐를 즐기던 발렌. 그는 아주머니들에게 둘러싸여 있는 시이나에게 다가갔다.

"어머니 잠시 괜찮을까요?"

"왜 그러니?"

"사실 어머니께 개인적으로 드리고 싶은 얘기가 있었거든요."

"그러니? 잠시 기다려 줄래?"

"예. 그럼 전 집에서 기다리고 있을게요."

시이나는 고개를 주억였다. 발렌은 집 안으로 들어갔다. 얼마 되지 않아 시이나가 집 안으로 들어왔다.

거실 의자에 앉아 벽난로에 불을 지피고 있던 발렌은 시이나에게 고개를 돌렸다.

"할 말이라는 게 뭐니?"

"제게 알려 주세요."

"알려 달라니? 뭘 말이니?"

진지한 표정으로 다짜고짜 알려 달라고 하는 발렌. 시이나는 잠자코 발렌의 말에 귀를 기울였다. 발렌은 잠시 망설였다.

'어머니는 분명 내게 숨기시는 것이 있어.'

그게 뭔지는 여전히 모른다. 하지만 분명 숨겨야 할 이유가 있다고 생각했다. 그러나 지금은 망설일 때가 아니다.

아베트는 분명 이렇게 말했다. 아들놈에게라도 가문의 비전을 알려 줬으면 이렇게 일방적으로 당하지는 않았을 것이라고. 그 비전이 무엇인지는 모르지만, 녀석도 인정하는 뭔가가 있다는 것이리라 보았다.

자신의 어머니가 무슨 이유에서 계속 비밀을 간직하고 있는 것인지는 모른다.

분명 어떤 괴로운 일이 있었고, 그것이 지금까지도 영향을 줄 수 있으니 비밀로 하고 있는 것이라 생각했다. 하지만 지금 발렌은 물불 가릴 때가 아니었다. 망설임은 사라졌다. 그는 두 눈에 힘을 실었다.

"어머니께 부탁드릴 게 있어요."

발렌의 표정이 사뭇 진지하다는 걸 느낀 시이나도 그 분위기에 동화되어 웃음기가 싹 사라졌다.

"네가 이렇게까지 진지한 표정을 짓는 건 처음이구나."

발렌이 이렇게까지 진지하게 말하는 경우는 드물었다. 분명 정말 중요한 부탁일 것이라고 생각했다.

발렌은 그 어떤 때보다 눈을 빛내며 입을 열었다.

"저에게 마이셀 가문의 비전을 알려 주세요."

"……?!"

생각지도 못한 말을 들은 시이나의 눈이 화등잔처럼 커졌다.

"무, 무슨 얘기를 하는지 모르겠구나."

경악했던 표정은 잠깐이었다. 시이나는 다시 잘 모르겠다는 표정을 지었다. 그러나 예상치 못한 말에 놀란 나머지 그녀는 대답할 때 말을 더듬는 실수를 했다. 게다가 표정은 어색하기만 하다. 그것을 숨기기 위함인지 시선까지 회피하는 시이나. 진실을 어느 정도 알게 된 발렌은 어머니가 꺼려하는 기색을 내비춰도 멈추지 않았다.

"샤란 디 마이셀."

"……"

"어머니의 본명…… 이죠?"

시이나는 입을 꾹 다문 채 대답하지 않았다. 어떻게 알아낸 것인지 생각하고 있는 것이 눈에 보였다. 그러나 아무리 생각해도 딱히 짚이는 게 없었는지 입을 열었다.

"혹 네 아버지에게서 들은 거니?"

"역시 아버지도 알고 계신 거였군요."

"……"

메튜도 알고 있을 것이라 예상하기는 했다. 그러나 방금 그녀의 말에 확실해졌다. 메튜도 시이나의 과거를 알고 있는 사람이라는 것이.

대체 어떠한 비밀이기에 자식들에게까지 숨겨야 했는지, 또 그렇게 해야만 하는 이유가 무엇인지 궁금해졌다.

"아버지가 말한 건 아닌 모양이구나. 그럼 그 사실을 어떻게 알게 된 거니?"

"그것보다 어머니 얘기가 먼저예요."

발렌은 시이나가 말해 줄 때까지 물러나지 않겠다는 듯 그녀를 바라보고 있었다. 아픈 상처를 들춰내는 것이라 죄송스러운 마음은 있었다. 하지만 발렌은 어머니의 과거에 대해 알 필요가 있었다.

어째서 자식들에게까지 사실을 숨기고 지낸 것인지. 도울 수 있는 것이라면 돕고 싶었다.

역시 자식 비밀 모르는 부모 없듯, 부모 비밀 모르는 자식도 없는 것 같았다. 그녀가 한숨을 내쉬었다.

"얘기가 길어지겠구나. 세인브리트 마탑 도서관이라면 우리 가문에 대한 이야기가 기록된 책도 있겠지."

발렌은 시이나의 말에 죄책감이 들었지만, 굳은 표정을 유지했다.

시이나는 다 포기한 듯 발렌에게 자신의 과거에 대해 말해 주기로 했다. 어차피 알게 될 일이다. 괴로운 과거이기에 생각조차 하고 싶지 않았지만, 이미 자신의 본명을 알았다면 더 이상 숨기지 못할 것이다.

"한 가지 약속할 것이 있단다."

"이 얘기는 다른 사람들에게 하지 말라는 거죠? 어머니도 아시잖아요. 저 입 무거운 사람이에요."

시이나가 그제야 안심한 듯 고개를 주억이며 곧 눈이 진지해졌다.

"발렌. 네가 알다시피 어미의 본명은 샤란 디 마이셀이란다."

시이나는 자신의 가문에 대한 설명과 이렇게 된 상황에 관해 이야기해 주었다.

마이셀 가문. 동쪽 변방 영지 중 하나인 마베론이 바로 마이셀 백작령이다.

이름이 알려져 있고, 마법사 가문이었던 마이셀 가문. 강대하지는 않지만 약하지도 않은 그저 그런 가문이었다. 이웃 영지끼리 큰 분란 없이 지냈던 가문이지만, 유일하게 적대적인 가문이 하나가 있었다.

바로 센티스 백작령이다.

그곳에서는 마이셀 가문과 영지전을 자주 치르는 곳이다. 영토 문제 때문이었다. 센티스 백작령과 마이셀 가문 사이에는 큰 마정석 광산이 있는데, 그것 때문에 자주 영지전이 일어나고는 했다.

마이셀 가문과 센티스 가문은 서로 붙어있는 영지이다. 과거에 많은 영지전이 일어났고, 그 과정에서 서로 빼앗고, 잃기를 반복했다. 센티스 백작령은 마이셀 가문에게 과거에 잃어버린 영지와 그 광산의 정당성을 되찾겠다는 이유로 영지전을 걸어왔고, 결과는 마이셀 가문의 패배였다.

오랫동안 광산을 차지하기 위해 물밑 작업을 했던 센티스 가문은 마이셀 가문을 내부에서부터 무너뜨려 갔고, 그것은 곧 마이셀 가문의 가신들이 센티스 가문에 합류하는 일이 되었다.

그로 인해 시이나의 가족인 마이셀 백작과 오라버니들이 전사하고, 그녀는 홀로 달아나야 했다.

지금 마이셀 가문의 영지는 엔더크 남작가, 벨루나 남작가, 마덴 남작가에서 나눠서 다스리고 있다고 한다. 그들이 바로 마이셀 가문을 배신한 가신들이었다.

"그 이후로 많은 일이 있었지. 네 외할아버지와 외숙들을 잃고 돈 한 푼 가진 것 없이 떠돌아다녀야 했단다."

부족함 없이 자랐을 그녀가 갑자기 돈 한 푼 없이 길가를 떠도는 것은 쉽게 할 수 있는 일이 아니었을 것이다.

어머니가 그런 과거가 있었다는 것을 전혀 몰랐기에 들을 때마다 얼굴이 붉으락푸르락 변했다.

센티스 가문이나 배신한 가신들.

한 번도 뵙지 못한 외할아버지와 외숙들의 죽음을 들으니 머리끝까지 열이 뻗치는 기분이었다.

"그렇게 떠도는 와중에 이 어미도 많은 일이 있었단다.

질 나쁜 용병들에게 걸려 창관에 팔려 갈 뻔한 걸 구해 준 이가 있었지."

"그 사람이 누구죠?"

"바로 지금의 네 아버지란다."

그리고 그 이후의 이야기는 발렌이 어느 정도 아는 이야기들이었다. 그 일을 계기로 메튜와 동료들과 함께 용병 생활을 하다 뱃속에 자신이 생기자 그만두었다는 얘기였다.

그것으로 시이나의 얘기는 끝이었다. 그녀의 얘기를 처음부터 끝까지 들은 발렌이 물었다.

"어머니. 혹시 가문을 다시 일으키고 싶으신 건가요?"

"십 년 전까지는 그랬단다. 하지만 렌이 태어나고 생각이 바뀌었단다. 이 어미에게는 이제 세상에 바꿀 수 없는 보물들이 곁에 있으니까."

그녀의 말의 반은 진심인 듯했다. 자신들을 사랑하는 것은 맞지만, 그때를 그리워하는 듯한 눈빛을 보니 가문을 다시 일으키고 싶다는 생각이 남아 있는 것 같았다.

발렌이 궁금한 것을 묻기 위해 입을 열려고 하는 도중에 시이나가 먼저 선수를 쳤다.

"그럼 이제 네 얘기를 들을 차례구나."

이제 그 이상은 말하기 꺼려하는 눈치였다. 발렌은 이 정도에서 만족하기로 했다. 이 정도 말해 준 것만 하더라도 엄청난 용기가 필요했으리라.

"저도 얘기하자면 길어지는데. 괜찮아요?"

"시간은 많단다."

발렌이 고개를 주억였다.

"지금부터 믿기 힘든 얘기를 할 거예요. 하지만 전 거짓없이 어머니께 말씀드리는 거예요."

발렌의 표정도 더없이 진지해진다. 자신의 아들이 진지한 표정을 지으며 대답할 때는 거짓말을 하지 않는다는 것을 알고 있는 시이나.

그녀가 경청하며 그가 지금까지 경험했던 일들에 귀를 기울인다. 그는 지금까지 겪었던 믿지 못할 일들을 처음부터 끝까지 설명했다.

*　　*　　*

"……."

발렌의 얘기를 들은 시이나는 어떻게 반응해야 할지 모르겠다는 듯 그를 바라보았다.

"정말 믿기 힘든 얘기로구나."

"믿을 수 없는 얘기라는 건 저도 잘 알아요. 하지만 믿어주세요."

발렌은 지금까지 자신이 겪었던 일들, 보나바르의 저주부터 시작해 일주일 후에 흑마법사들이 마을을 초토화 시킬 것이라는 얘기도 해 주었다. 또한 이번에 죽기 전 그녀가 했던 행동들도 말해 주었다.

"애초에 거짓말을 할 거였으면 이런 믿지 못할 얘기를 하지 않았을 거예요."

거짓말이라면 차라리 말이 되는 얘기를 하지, 무엇하러 아무도 믿지 못할 이야기를 꺼내겠는가.

자신의 자식인 만큼 시이나는 발렌에 대해 잘 안다. 그는 어렸을 적에도 어수룩한 거짓말을 하지는 않았다. 발렌은 논리 정연하게 설명하여 자연스러운 거짓말을 한다.

책을 많이 읽은 영향 때문인지 개연성까지 충분히 곁들여 가며. 그러나 당연히 거짓말을 하면 티가 날 수밖에 없다.

지금 그가 해 준 말은 너무도 터무니없는 얘기 같지만 거짓말이라고 하기에는 진지했다. 또한 진심이 느껴졌다. 그녀는 깊은 생각에 빠지며 생각을 정리하며 물었다.

"발렌. 그럼 넌 지금까지 죽음을 반복하며 일을 해결해 왔던 거니?"

"네."

"황녀님의 독살도, 대축제 때의 소동 때도?"

"네. 그리고 지금도요."

엘리즈의 독살 사건 때는 그 어떤 때보다 많은 죽음을 경험했다. 공개 처형이라는, 자신과 연이 없을 줄 알았던 일을 당한 그 사건.

진실을 알아내고 범인을 찾아내는 것까지 가장 오래 걸린 사건이기도 했다.

껙해야 고작 이삼일 전으로 돌아가는 터라 시간이 부족한 것도 있었다.

"아베트는 이런 말을 했어요. 아들놈에게라도 가문의 비전을 알려 줬으면 이렇게 일방적으로 당하지는 않았을 거라고. 전 앞으로 제 몸을 스스로 지키고 싶어요."

그를 이기겠다는 얘기는 하지 않는다. 몸을 스스로 지키고 싶다. 그것이 지금 그가 말할 수 있는 단계다. 죽음은 이제 지겹다. 조금이라도 원만하게 해결하기 위해서는 힘이 필요하다.

"제게 힘을 주세요, 어머니."

"……"

시이나는 쉽게 대답하지 못했다. 발렌이 힘에 집착하는 모습이 너무나도 안쓰럽고 불안해 보였다. 처절해 보이기까지 했다.

지금까지 어떤 경험을 했는지 시이나는 알 길이 없다. 하지만 한 가지 확실한 것은 지금까지 말한 리셋이라는 생소한 개념의 마법이 그를 옥죄고 있다는 것이다.

싫어도 해결할 때까지 계속 같은 날을 반복해야 하는, 그 지옥 같은 일을 아무도 알아주지 못하지만 계속 실행해야 한다.

"한 가지 약속할 수 있겠니?"

"무슨 약속이요?"

"너무 힘에 집착하지 말거라. 또한 그 힘에 집착해서 흑마법에 손을 뻗지 말거라."

힘에 집착이 심한 이들이 흑마법에 손을 대는 경우도 심심찮게 있다. 발렌의 상태를 봤을 때 그들과 비슷해 보였다.

그가 힘에 집착한 나머지 흑마법에 손을 뻗을까 두려웠다. 그러나 그것은 기우였다.

"흑마법사에게 렌과 아버지, 마을 사람들이, 제 친구들이 죽거나 언데드가 되는 걸 봤어요. 사람을 벌레처럼 죽이고 다니는 그들과 같은 흑마법사가 될 생각은 추호도 없어요."

발렌은 흑마법에 대한 혐오감마저 나타내고 있었다. 비인간적인 것을 떠나 자신의 소중한 이들을 죽게 만든 것을 참을 수 없었다.

"마이셀 가문의 비전을 익혀 그것을 남에게 보인다면 마법사들이 가장 먼저 반응할 것이다. 익히고 싶어도 익힐 수 없겠지만, 어떤 무리들은 널 납치해 알아내려고 할지도 모른단다."

이것을 그 누구에게도 알리지 말고, 들켜서도 안 된다는 말이었다. 그리고 발렌은 그녀의 말에서 그녀도 그러한 경험이 있었다는 것을 눈치챌 수 있었다. 그는 그러겠노라고 고개를 주억였다.

"그래. 그럼 언제 시작할 생각이니?"

"오늘 새벽부터 하도록 하죠."

시간은 많다. 그러나 그 시간을 조금이라도 단축시키고자 그는 의욕을 보였다.

"그래. 그럼 일찍 자 두는 게 좋겠구나. 지금 자 두렴. 새벽에 깨워줄 테니."

"예, 어머니. 믿어 줘서 고마워요."

발렌이 고개를 주억이고, 시이나가 자리에서 일어나 집 출입문을 열고 밖으로 나와 문에 등을 기대며 크게 한숨을 쉬었다.

"후우! 정말 복잡하구나."

발렌의 믿지 못할 얘기를 믿어 주는 자신도 정말 이상하다는 생각이 들었지만, 그의 눈빛은 진지하기 그지없다.

"나에게서 끊어질 것이라 생각했던 마이셀 비전이 아들에게 전해지게 될 줄이야."

시이나가 복잡한 표정으로 까맣게 물든 하늘을 바라보았다.

*　　　*　　　*

이웃 사람들이 모두 돌아가고, 메튜와 레이나도 잠에 빠져든 새벽. 발렌의 방문이 열리며 은은한 불빛이 그의 방을 밝혔다.

"오셨어요?"

이불을 뒤집어쓰고 있던 발렌이 고개를 내밀었다. 시이나가 책상 위에 랜턴을 올려 두고 의자에 걸터앉았다.

"안 자고 있었니?"

"자려고 했는데 잠이 안 와서요."

발렌이 결국 침대에서 일어났다.

"일단 이론부터 알려 주려고 한다. 무엇이든 일단 이론부터 알아야 하지 않겠니? 다행히 기초 마법학에 대해 공부해서 내용은 어렵지 않을 테니 걱정하지 않아도 된단다."

발렌은 알겠다는 듯 고개를 주억이며 그녀를 가만히 응

시했다. 시이나가 손을 가지런히 모아 눈을 감더니 잠시 생각에 잠긴다. 생각을 정리해서 쉽게 설명해 주려는 의도였다.

"마이셀 가문의 비전은 많이 특별하다. 일반적인 마법사들과 달리 마나를 익히는 방법부터 틀리단다."

역시. 마이셀 가문만 알고 있는 것이 있으니 비전이라 불리고 있는 것이리라.

"마이셀 가문의 비전은 일반적인 마법사들과 달리 빠른 캐스팅, 고갈되지 않는 마나 회복력을 자랑하는 곳으로 알려져 있…… 었단다."

'있었단다.' 라고 말한 것은 마이셀 가문이 없어졌기 때문이리라. 그 단어에서 유난히 말이 늘어졌지만…… 발렌은 모르는 척했다.

"첫 시작은 마나를 좀 더 빨리 채우게 만드는 것이다. 또한 마나를 좀 더 세심하게 다룰 수 있기 때문에 일반적인 마법사들보다 강한 위력을 지닌다는 게 이론이지만……."

시이나의 말이 잠시 끊겼지만 곧 이어 말했다.

"아쉽게도 마이셀 가문은 무슨 저주를 받은 것인지 마나에 재능이 없는 자들이 태어나더구나. 이 비전을 연구하신 분과 극소수를 제외하고 마이셀 가문의 대부분은 둔재란다. 그러나 비전 덕분에, 둔재지만 일반 마법사 정도로 끌어 올리는 것이 가능했지. 그렇기에 마법사 가문으로 알려질 수 있었단다."

그러더니 그녀가 발렌을 지그시 쳐다본다.

발렌도 마찬가지로 마나에 재능이 없는 몸이었다. 이것은 결코 우연이 아니라는 소리였다.

'이제야 의문이 조금 풀리네.'

근골이 좋고, 마나를 어느 정도 다룰 줄 아는, 무투기를 배운 아버지에게서 태어난 발렌.

선천적으로 마나에 재능이 있는 사람의 자식은 부모를 닮아 어느 정도 재능이 있다. 이 사실을 책으로 처음 알게 된 발렌도 그때 의문을 품었었다. 신기하게 자신은 아버지와 달리 의아할 정도로 둔재였다.

아주 드물게 자신과 같은 경우가 있기에 자신도 그런 케이스구나 생각했지만, 레이나도 마찬가지로 마나의 둔재였다.

레이나가 태어났을 때, 옆에서 지켜본 발렌은 그 당시 아버지의 모습을 아직도 기억한다. 아버지가 또 마나에 재능이 없는 아이인가…… 라면서 중얼거렸던 것을.

안도와 함께 약간 실망하던 그 모습은 아직도 머릿속에 남아 있다.

"발렌. 이것은 너도 마찬가지일 것이다. 그렇지?"

"예, 맞아요. 재능이 있는지 없는지 검사를 받았는데 배울 수는 있되 마나 게이트의 문이 너무 좁아 익히는 게 무척 힘들 것이라고 했어요."

"우리 가문에서도 너처럼 그리 극악한 재능으로 태어나는 이는 매우 드물단다. 레이나는 그래도 지금부터 익힌다면 서른이 되기 전 제 몫을 할 수 있을 게다. 반면 너는……."

시이나는 애매하게 말을 끊었다. 뒷말은 굳이 듣지 않아도 알 것 같았다.

평생이 걸려도 고작 2서클, 높아 봐야 3서클에 도달할 수 있을 것이라고 예측할 정도니 말이다.

아무래도 자신이 특이한 케이스가 맞는 모양이었다. 시이나는 화제를 돌렸다.

"어쨌든 전투가 일어나면 마나를 써야 하고, 당연히 마나 탱크에는 마나가 한정되어 있기에 다 쓰고 나면 기절하는 일이 다반사다."

"그렇죠."

너무나 당연한 얘기다. 기초 마법학에도 나오는 소리였다.

"하나 이 비전은 마나를 빠르게 채울 수 있게 만드는 것이 특징이란다. 몸을 혹사시키는 대신, 마나를 채우는 것이지. 통상적으로 경험만 있다면 자신보다 한 단계 높은 이들과 싸워도 이길 수 있는 비장의 수를 만들 수 있단다."

'음?'

발렌은 문득 어디선가 많이 들어 본 말이라는 생각이 들었다. 그러나 잠자코 그녀의 말을 경청했다.

"또한 이를 배움으로써 마나 게이트를 어느 정도 열 수 있고, 자연적으로 마나를 흡수하게 도와준다. 굳이 마나 호흡법을 하지 않아도 쌓을 수 있어 마법사들과 같은 힘을 유지할 수 있게 되지."

'잠깐. 이건……'

발렌은 확신했다. 어디서 많이 들었던 게 아니라 그가 익히 알고 있는 내용이기 때문이다. 설마 하는 생각이 아니라 이제는 확신이 생겼다.

"이것이 바로 마이셀 가문의 비전인……"

"마나 엔진…… 인가요?"

"……?!"

시이나의 눈이 창밖에 언뜻 보이는 보름달처럼 크고 동그랗게 떠졌다.

"그, 그걸 어떻게 알았니?"

"정말로 마나 엔진이었어요?"

놀라기는 발렌도 마찬가지였다. 지금까지 몰랐던 마이셀 가문의 비전이 설마 마나 엔진이었을 줄이야. 막시프는 제자들에게 이 이론을 실현시키고자 했지만, 모두 거절하면서 마나 엔진의 개념을 문헌으로 남겼다고 했다.

아무래도 그 문헌을 남긴 후 어떻게든 제자에게 이론을 실현시켰던 것이 아닐까하는 생각이 들었다.

"실은 저 마나 엔진을 만든 상태예요."

"설마. 발렌, 확인을 위해 옷을 벗고 등을 보여 줄 수 있니?"

"네. 어머니."

발렌이 윗옷을 벗어 버리고 몸을 돌려 등을 보여 주었다. 그의 등에 손을 얹은 시이나가 그의 체내 곳곳에 마나를 흘려보내며 이를 확인했다.

"이것을 어떻게……."

시이나는 발렌의 마나 게이트와 회로 사이에 마나 엔진이 정말 있다는 것에 놀라고 있었다.

그럴 수밖에 없는 것이, 마이셀 가문의 비전이 바로 마나 엔진이기 때문이다.

"발렌. 마나 엔진을 어디서 배운 거니?"

"세인브리트 마탑 도서관에 숨겨져 있던 책을 우연찮게 발견했는데, 그게 초대 세인브리트 마탑의 부탑주인 막시프 라 데일런이 남긴 마나 엔진에 대한 책이었어요."

"설마 이런 우연이……."

시이나는 여전히 믿을 수 없다는 표정으로 그의 등에서 손을 떼며 이를 설명해 주었다.

"마이셀 가문의 비전의 시작은 바로 막시프 님의 이론에서 나온 것이란다. 우리 가문의 먼 조상님 중 한 분께서 초대 부탑주님이 개발하신 마나 엔진을 계승했지."

시이나는 마이셀 가문에 대한 역사를 풀어 놓기 시작했다. 모든 귀족들이 그러하듯 처음부터 귀족이었던 곳은 없다.

공을 세워 귀족이 된 사례도 있고, 개국 당시 큰 업적을 남겨 신분이 상승한 경우가 있다.

마이셀 가문이 귀족가가 된 것은 그 당시 전란의 시기였던 것도 크게 한몫을 했다. 막시프의 제자인 반트 디 마이셀.

마이셀 가문의 비전을 대대로 물려준 인물이며 막시프의 마지막 제자이자 유일하게 그의 모든 연구들을 물려받은 자이기도 하다.

우연히 휴가차 지방에 갔다가 가장 마법의 재능이 있던 그를 막시프가 알아보고 제자로 거뒀다고 한다.

"세간에 잘 알려지지 않았지만, 가문에서는 이를 잘 기록하고 있었다. 지금은 그 기록들이 마이셀의 몰락과 동시에 불에 타 사라졌지만, 막시프 님의 마나 엔진은 우리 가문의 상징이 되었지."

그러니까 마이셀 가문의 비전은 막시프의 제자 중 한 명이 이를 받아들임으로써 시작된 것이라고 볼 수 있었다.

"참으로 인연은 신기하구나. 아무것도 모르던 네가 세인브리트 마탑 도서관에 들어가서 막시프 님의 마법서를 발견하고, 우리 가문의 비전을 익혔을 줄이야."

인연은 돌고 돈다고 하는데, 딱 그 짝이었다. 우연도 이런 우연이 없을 것이다. 그의 마나 엔진을 살피던 시이나가 그의 등에서 손을 뗐다.

"네 마나 엔진은 지금의 마이셀 가문의 마나 엔진과 형태가 조금 다르구나. 마이셀 가문의 마나 엔진은 세월이 흐르면서 발전, 개량한 것이니까."

"그럼 전 지금의 마이셀 가문의 마나 엔진을 익힐 수 없는 건가요?"

"다행히 그런 것 같지는 않구나. 서클이 만들어지지 않았으니 말이다. 지금 상태로도 충분히 변형시킬 수 있겠구나."

발렌은 안도의 한숨을 내쉬었다. 무리 없이 배울 수 있다는 말에 안도의 한숨을 내쉬었다.

"하지만 문제는 시간인데……."

발렌의 재능을 봤을 때 마이셀 가문의 그 어떤 둔재보다 더한 둔재였다.

아예 못 배우는 체질이면 깔끔히 포기할 수 있을 텐데, 배울 수 있는데 재능이 극악한 것이 문제였다.

아마 그는 마이셀 가문 역사상으로도 마법을 배울 수 있는 둔재 중의 둔재일 것이다. 보다 오랜 시간이 소모될 것이며 당연히 그 과정도 힘들 것이다.

"아, 그건 걱정하지 마세요."

발렌은 문제 될 것 없다며 빙긋 웃으며 말을 이었다.

"이 과정을 계속 반복하면 되니까요."

보나바르의 저주가 그와 함께하는 한, 시간은 그의 편이었다. 다시 리셋이 되어도 그의 마법은 그대로 남아 있다. 발렌은 이를 적극적으로 이용할 속셈이었다. 재능이 없고, 타인들보다 경지에 오르는 게 힘들다? 그렇다면 계속 노력하면 된다. 티끌을 모으면 언젠가는 태산이 되는 법이다. 발렌에게 주어진 시간은 무한하다.

'보나바르. 당신의 이 저주가 이번만큼은 축복이라는 것을 인정하죠.'

괴롭고, 힘들지만 이용할 수 있는 것은 죄다 이용하기로 한 발렌. 스스로도 장담하지 못할 시간을 계속 반복하게 될 것이다.

"어머니. 질문 하나 할게요. 어머니의 머리색과 눈동자가 붉게 물든 것 같던데. 그건 뭐죠?"

그때의 시이나는 완전히 다른 모습이었고, 마나의 기세가 심상치 않았었다. 발렌은 그것을 묻고 있는 것이다.

"내가 그것까지 사용할 정도였다면…… 정말 예삿일이 아니었던 모양이로구나."

메튜를 만나고서 단 한 번도 사용하지 않던 것을 아들이 알고 있다. 시이나는 침음하며 이를 말해 주었다.

"그것을 알기 위해서는 마나 엔진에 대한 이론을 다시 배워야겠구나."

아무래도 발렌이 배운 것은 극초반에 만들어진 것이다 보니 마이셀 가문의 마나 엔진과 약간씩 차이를 보였다. 그녀는 손가락 하나를 폈다.

"마이셀 가문의 비전은 1단계에서 3단계로 나뉜단다. 1단계는 평상시의 기본 단계로 볼 수 있단다. 숨 쉬는 것만으로도 마나를 모아 주고, 마나 호흡법을 할 때 다른 이들보다 더 빠르게 모을 수 있는 단계란다. 이를 마나 펌프라고 한단다."

마나 펌프. 그러니까 지금의 발렌의 마나 엔진의 형태라고 볼 수 있었다. 시이나가 손가락 하나를 더 폈다.

"2단계는 마나 엔진을 인위적으로 빠르게 회전, 가속하여 마나 탱크에 순식간에 마나를 모으게 만드는 마나 회전이란다. 인위적으로 마나를 흡수하고 다량의 마나가 들어와 고통이 있단다.”

여기까지는 발렌의 마나 엔진과 큰 차이가 없었다.

“그리고 마지막으로 3단계.”

그녀는 세 번째 손가락을 펼쳤다.

“이것은 숙련도에 따라 지속시간이 다르지만, 순간적으로 마나를 폭발하듯 증폭시키는 효과를 주는 단계란다. 평소보다 더 강한 마법을 구사할 수 있지.”

“엄청 대단한 기술이네요?”

“대단한 기술이기는 하지만, 위기에 몰렸을 때, 혹은 중요한 순간에 사용해야 한단다. 수명을 깎을 정도로 위험한 기술이니까. 일종의 폭주 상태에 이르게 만드는 기술이니 그만큼 위험성이 따른단다.”

발렌은 수명을 깎는다는 말에 눈동자가 커질 수밖에 없었다. 도대체 얼마나 강력하기에 수명까지 깎는다는 말인가.

“한 번쯤 네 생명을 구해 줄 수 있을 테니 비장의 수단으로 남겨 두거라. 그렇지 않은 상황에서 사용할 경우 시간이 다 되었을 때 기절하게 된다.”

그런 위험한 비전을 가지고 있을 줄이야. 발렌은 침을 꼴깍 삼켰다. 몸을 혹사시키는 것이 남다르다는 뜻도 될 것이다.

"궁금증이 풀렸어요. 그리고 어머니."

"왜 그러니?"

"저 산속에 들어가 수련할게요. 궁금한 게 있으면 다음 리셋 때 물어볼게요."

지금 이리 말한다고 하더라도 다음에도 번거롭게 자신이 있던 일들을 설명해야겠으나, 그 정도쯤이야 충분히 감수할 수 있는 문제다. 발렌이 자리에서 일어나 미리 싸 두었던 짐을 들었다. 시이나는 그의 결의에 찬 눈빛을 보고 차마 말릴 수 없었다. 그의 눈빛은 말린다고 해서 말릴 수 있는 것도 아니었다. 저것은 복수라는 한 가지 목표를 가진 자의 눈빛이다.

"발렌."

"예, 어머니."

"……."

막상 발렌을 부르기는 했는데, 무슨 말을 꺼내야 할지 도무지 입을 열지 못하는 시이나. 발렌은 그녀가 말하기를 가만히 기다려 주었다. 한참 후, 그녀의 입이 열렸다.

"……힘들면 언제든 내게 의지하거라."

발렌은 말없이 미소를 지으며 자신이 하고자 하는 일을 위해 짐을 챙겨 집을 나갔다.

Chapter 02
발렌의 성장

    <가문의 비전>

    비밀리에 내려져오는 비법. 대륙에 수많은 가문
이 있는 만큼 가문의 특색을 더욱 짙게 만들어 준
다. 세월이 지나면서 고스란히 남아 있는 비전도
있으나 더 좋게 개량, 발전되어 대대로 전해지며,
그것이 곧 가문의 힘이 되기에 일부 가문을 제외하
고 변화를 두려워하지 않는다.

    —『대륙의 비전』中 발췌—

            *   *   *

"으으, 머리야."

남바른 공작가의 서부와 중앙을 오가는 배달부는 어제저녁 술을 거하게 마셔 숙취에 시달리고 있었다. 그는 쪼개질 듯한 머리를 부여잡은 채 가죽 가방을 옆으로 메고 아올란 마을 출구로 향했다.

생계를 위해서는 아파도 일을 할 수밖에 없었다. 다음부터는 배달을 가기 전날 술은 자제하자고 생각하며 목적지로 향했다.

렌달로 향하는 아올란 마을 출구에 도착하니 후드를 뒤집어쓴 정체불명의 남성이 이정표에 등을 기댄 채 누군가를 기다리고 있었다.

조셋 마을로 향하는 용병이 누군가를 기다리는 듯했다. 흔한 모습이라 누구도 신경 쓰지 않는 듯 제 갈 길을 가고 있었다.

배달부도 마찬가지였다. 배달부가 후드를 뒤집어쓴 남성을 지나치려는 찰나였다.

"혹시 렌달로 향하시는 길입니까?"

정체불명의 남성이 그리 물어 왔다. 배달부가 그를 바라보며 대답했다.

"예, 그렇습니다만?"

"잘 됐군요. 이걸 남바른 공작가에 전해 주십시오."

"예? 어디에 전해 달라고요?"

"남바른 공작가."

남바른 공작가가 어디를 의미하는 것인지 굳이 묻지 않아도 된다. 바로 이 남바른 공작령의 주인인 가문이다.

배달부는 그에게서 받은 서신의 뒷면을 확인했다. 받는 이를 적는 곳에 남바른 공작이라고 버젓이 쓰여 있었다.

'보내는 이는 안 적어 놓았다?'

가끔 남바른 공작가에서 일하는 사람들에게 편지를 배달한 적은 있지만 남바른 공작에게 직접적으로 배달한 적은 단 한 번도 없었다. 그도 그럴 것이 남바른 공작에게 가는 편지들은 배달부가 아니라 전령, 전서구 같은 것을 통해 배송되기 때문이다.

배달부가 남성을 위에서부터 아래까지 훑어보았다. 로브를 입고 후드를 뒤집어써 특별히 특징적인 건 보이지 않았다.

다만 목소리를 들었을 때 그렇게 나이가 많지 않다는 것과 후드 사이로 언뜻 갈색 머리칼이 보인다는 것만 알 수 있을 뿐이다.

"자세한 것은 묻지는 마시고, 반드시 전해 주셔야 합니다."

"갑자기 그러시니⋯⋯."

배달부가 망설이는 듯 우물쭈물했다. 어차피 가는 길이다. 전해 주는 건 어려운 일이 아니지만 누가 봐도 수상한 사람이 전해 주라고 하니 전해 줘야 되나 말아야 하나 망설이는 것이다. 혹여 이것을 보냈다가 자신이 잘못되면 어쩌나 하는 그런 걱정이 들었다.

"걱정하지 마시길. 전 남바른 공작가에서 일하는 사람입니다. 현재 맡은 바 임무를 수행하는 중에 중요한 정보를 알게 되어 급히 보내야 해서 그렇습니다."

"그렇다 해도⋯⋯."

우체부가 계속 망설이고 있자, 그가 배달부의 손을 붙잡으며 뭔가를 쥐여 주었다. 배달부가 손을 살짝 펴 확인하더니 눈이 휘둥그레졌다. 자신의 손에 금화 하나가 들려 있었기 때문이다. 배달부는 누가 보았을까 서둘러 손을 다시 쥐어 숨기며 금화를 깨물었다. 진짜라는 것을 확인한 배달부.

'미, 미친. 고작 이 서신 하나 배달해 주는데 골드를 준다고?!'

배달 비용은 평균 2실링 정도. 렌달은 사람이 많은 대도시이고, 그쪽으로 일하러 가는 사람이 많아 가족들이 편지를 보내는 경우가 많다. 덕분에 한 번 갔다 오면 배달해야 할 것이 꽤 쌓인다. 그럼에도 골드를 생전 받아 본 적이 없는 배달부였다. 급한 서신이라고는 해도 이렇게 거금을 준 사람은 단 한 명도 없었다.

'이거 정말 위험한 일 아니야?'

망설일 수밖에 없는 상황. 돈은 탐나지만 위험하지 않을 까란 생각이 들었다.

망설이는 배달부의 손에 똑같은 무게의 동전이 하나 더 쥐여졌다. 그리고 후드를 뒤집어쓴 청년이 다시금 물었다.

"남바른 공작 전하께 전해 주실 수 있으시지요?"

"크흠! 걱정하지 마십시오. 내 반드시 이 서신을 목숨 바쳐 지켜 영주님께 배달할 터이니."

방금 전까지 어떻게 해야 할지 고민하던 배달부도 거금 앞에서 망설임이 사라졌다.

배달해야 할 편지들을 모두 잃어버린다고 해도 그가 준 것만큼은 반드시 전해 줄 것 같은 눈빛이었다. 그가 싱긋 웃어 보였다.

"그럼 서둘러 전해 주십시오. 전 해야 할 일이 있어서 이만."

후드를 뒤집어쓴 청년이 골목길로 사라졌다. 배달부는 그가 사라진 곳을 바라보다가 금화와 서신을 가보 모시듯 소중히 품에 집어넣었다. 배달부는 목적지를 향해 걸었다.

　　　　　*　　　　*　　　　*

　"다녀왔어요."

　잠시 외출을 하고 잡화점으로 온 발렌. 그의 얼굴에는 미소가 떠나가질 않고 있었다. 가장 먼저 그의 얼굴을 본 레이나가 물었다.

　"오빠, 무슨 좋은 일 있어?"

　레이나는 시이나를 도와 잡화점 일을 하고 있었다. 돕는다고 해도 손님이 오면 맞이하여 물품에 대해 설명해 주는 역할이기에, 손님이 없으면 여유롭게 앉아서 시간을 보내는 경우가 대부분이다.

　레이나가 할 것이 없어 심심해하고 있었다는 걸 안 봐도 알 것 같았다. 그러던 차에 때마침 발렌이 와서 계속 웃고 있으니 궁금해 물어본 것이었다.

　발렌은 손에 들고 있던 옷을 후드 달린 로브를 한쪽에 걸어 두고 레이나의 맞은편에 앉았다.

　"아니, 그냥 오늘따라 기분이 좋네."

　"혹시 저번에 고기를 많이 먹어서 그런 거야? 나중에 또 그런 날이 왔으면 좋겠다."

　레이나가 헤헤 웃으며 어제의 바비큐 파티를 떠올렸다. 발렌이 피식 웃으며 레이나의 머리를 쓰다듬었다.

"고기보다 채소를 많이 먹어야지. 고기도 맛있지만, 너무 많이 먹으면 몸에 안 좋으니까."

"치! 오빠는 엄마랑 똑같은 말을 하고 있어."

약간이지만 레이나는 편식을 했다. 어렸을 적부터 레이나가 크는 것을 보았던 발렌이다. 동생이 싫어하는 음식이 뭔지는 다 알고 있었다.

그가 레이나의 반응을 보고 후후 웃었다.

"그럼 다음에 시장에 갈 때 렌이 먹고 싶은 것 좀 사 줄까? 오빠가 돈 많이 벌어 뒀으니까 먹고 싶은 게 있으면 말만 해."

"정말?"

레이나의 눈에서 빛이 나오는 것만 같았다. 그녀가 손가락을 입술로 가져가며 고민하더니 헤헤 웃었다. 뭔가를 떠올린 것 같았다.

"평소에 먹고 싶은 거 있었어?"

"헤헤, 비밀!"

레이나는 나중에 말해 주겠다는 듯 웃었다.

＊　　　＊　　　＊

"공작 전하. 정체불명의 서신이 도착했습니다."

"정체불명의 서신?"

"예. 웬 이상한 사람이 배달부에게 공작 전하께 가져다주라고 했다고 합니다."

"뭐라?"

남바른 공작이 인상을 찌푸렸다. 다른 것도 아니고 배달부에게 자신에게 줄 서신을 부탁하다니. 지금까지 지내면서 처음 있는 일이었다.

"누가 보낸 것이더냐?"

"보낸 이의 이름은 없고, 받는 사람은 공작 전하라고 명확히 적혀 있습니다."

"누군가가 날 우롱하려는 겐가? 왜 버리지 않았는가, 바렉 경."

"공작 전하께 온 서신이라 함부로 버릴 수 없었습니다."

확실히 배달부를 통해 보냈다고 하더라도 남바른 공작에게 직접 보내는 서신인데 함부로 버릴 수 없던 것은 사실이다. 남바른 공작도 자신이 바렉이었으면 그랬을 것이라 생각했다.

"혹 누가 보낸 것인지 짚이는 점이 있으십니까?"

남바른 공작만 아는 밀명을 내린 이가 보내온 것일지도 모른다.

남바른 공작은 잠시 곰곰이 생각했다. 딱히 누가 보냈는지 짚이는 게 없었다.

비밀 임무를 수행하는 자들은 분명히 있지만, 배달부에게 전해 달라며 보낸 적이 없었기 때문이다.

'그래도 혹시 모르는 것이니…….'

일단 확인하는 것이 좋겠다는 생각이 들었다.

"주거라."

바렉 남작이 공손히 가지고 온 서신을 남바른 공작에게 건넸다. 남바른 공작이 곱게 접힌 서신을 펼쳐 확인했다.

흑마법사로 추정되는 이들이 아올란 마을을 쑥대밭으로 만들려고 합니다. 그들 중 아베트 메이드라는 자가 있는데, 남바른 공작가에 원한을 품고 있습니다.

녀석은 '우리들의 숙원을 이룰 때'라며 '남바른 공작가에 대한 분노를 쏟아 내자. 단 한 놈도 살려 보내지 말고 우리의 공포를 심어 주자.'라고 말했습니다.

공격 시기는 10월 9일이며 어린아이들의 심장을 꺼내 언데드를 소환하는 재료로 사용하는 걸 우선으로 한다고 합니다. 기우이기를 빌지만, 한 명의 영지민으로서 이를 그냥 넘어갈 수 없기에 이리 서신을 보냅니다.

"……!"

생각지도 못한 내용이 잔뜩 쓰여 있어 남바른 공작의 눈이 동그랗게 커질 수밖에 없었다. 흑마법사들이 공격한다는 말뿐만 아니라 지금까지 거의 잊고 있던 이름이 툭 튀어나왔기 때문이다.

'아베트 메아드라면……!'

약 30년 전 메아드 백작가의 후계자가 아니었던가!

마법적인 재능이 뛰어나 모든 이들의 시선을 받은 이였지만, 인체 실험을 자행하고, 흑마법을 익히고 있었다는 것이 파악된 후에 몰락의 길을 걷게 되었다.

메아드 백작가의 영지와 모든 재산은 압류, 국가에 환수되었으며 저주받은 가문이라는 불명예를 얻게 되었다. 그리고 그 주범인 아베트 메아드는 자신을 잡으러 오는 것을 알고 급히 숨어 지금까지 행적을 파악하지 못했다.

그런데 아베트 메아드가 갑자기 나타나 남바른 공작령 중 하나를 쑥대밭으로 만들겠다고 말했다?

일반적인 흑마법사들의 말이라면 믿지 못할 이야기라 치부할 수 있지만, 아베트라면 얘기가 다르다.

그는 마법적 재능뿐만 아니라 머리도 좋고 마법학에도

조예가 깊기 때문에 마법학자들과 젊을 적부터 자웅을 겨룰 정도였다.

'도대체 누가⋯⋯?'

평범한 영지민은 아닐 것 같았다. 사람들의 눈을 피해 숨어 지내는 흑마법사들의 얘기를 듣다니. 정말 드문 일이다. 이 서신을 보낸 자의 정체를 알고 싶었다.

"바렉 경. 혹 이 서신을 보낸 자가 누구인지 배달부에게 물어보았는가?"

"예, 공작 전하. 얼굴을 보이지 않고 후드를 뒤집어쓴 사람이라고 하였습니다. 목소리는 젊었고, 후드 사이로 갈색 머리카락이 보였다고 합니다."

단서가 너무 적었다. 특정하게 얼굴을 묘사한 것이 아니라 목소리와 갈색 머리카락이라니.

이 세상에 갈색 머리의 젊은이는 많았다. 자세한 수는 모르지만 남바른 공작령에 갈색머리의 젊은 자는 몇 천, 몇 만은 될 것이다. 방문자들까지 합하면 그보다 많은 수가 된다. 그들을 일일이 확인할 수도 없는 현실적인 문제가 남아 있었다.

'수상하다.'

보통 수상한 게 아니라 매우 수상하다. 그러나 아베트 메아드를 언급한 서신이다.

만일 정말로 이것이 진실이고, 녀석이 30년 전의 복수를 위해 나선다면 충분히 위협이 될 수 있다고 판단했다.

고작 증거도 없는 서신 하나인데 위험해 보였다. 의심할 점은 분명 많았다. 그러나 그간 잊고 있던 아베트 메아드라는 이름이 갑자기 구설수에 올라온 것은 충분히 경각심을 가져야 할 일이었다.

함정이든, 진실이든. 일단 부딪쳐야 하는 것이 옳다는 생각이 들었다.

"바렉 경. 레딘은 어디 있는가? 혹 바로 출발했는가?"

"예, 그렇습니다. 한 시간 전 출정식을 마치고 후발대로 출발했습니다."

"사람을 보내 레딘을 서둘러 따라가 이 서신을 보여 주고, 계획을 바꿔 아올란 마을을 방어하라고 이르라."

"예스, 마이 로드!"

*　　　*　　　*

'이 날이 왔군.'

흑마법사들이 공격하는 날. 발렌은 흑마법사들의 공격 시기를 떠올리며 또다시 레이나와 함께 심부름을 나왔다.

녀석들이 공격할 시간까지 정확히 알고 있는 발렌. 이 날만을 손꼽아 기다리며 정말 오랜 시간을 할애했던 그는 이 번에는 결단코 이튿날로 넘어가겠다는 의지를 내보였다.

'배달부가 잘 전달했겠지?'

자신이 건네준 서신이 제대로 전달되기를 바라는 발렌. 2골드나 쥐여 주었으니 잘 전달되었겠지 생각했다.

혼자 힘으로는 절대 이길 수 없다는 걸 알고 있으니 도움을 요청하려고 정체를 숨긴 채 남바른 공작가에 서신을 보냈다.

배달부가 전달했어도 그쪽에서 들어줄지 말지에 따라 문제가 되지만, 아베트 메아드라는 이름을 거론한 이상 어떤 반응이든 할 것이라고 추측했다.

"오빠, 오빠! 나 저거 사 줘!"

레이나가 발렌의 소매를 붙잡으며 잡아당겼다. 발렌은 그녀가 가리키는 곳을 바라보았다. 마침 오늘 장을 보는 김에 그녀에게 먹고 싶은 걸 사 주기로 했다.

레이나가 가리킨 곳은 발렌에게도 익숙한 가게였다. 바로 이 마을에서 유일하게 과자를 파는 가게였다.

"사고 싶은 게 과자였어?"

"응! 꿀에 절인 과자 사 줘!"

꿀에 절인 과자는 장에 가면 파는 아이들 간식이었다.

발렌도 어렸을 적에 많이 먹었었고, 간식으로 무조건 그 과자만 먹기도 했다. 아올란 마을에만 있는 과자이기도 했다.

"꿀에 절인 과자? 그거 자주 먹는 거 아니니?"

"응. 그런데 그걸 가장 좋아하는 걸?"

그게 좋다면야 못 사 줄 것도 없었다.

'그러고 보니 나도 먹어 본 지 좀 오래 됐네.'

안 먹어 본 지 오래 되긴 한 것 같았다. 어느 정도 키가 크고 훤칠한 청년이 되면서 과자를 멀리한 것 같았다.

아니, 멀리했다고 말하기보다는 굳이 사 먹지 않았다는 것이 맞는 표현일 것이다. 오랜만에 추억이나 떠올리며 먹어 볼까 생각하는 발렌.

레이나가 과자 가게에서 꿀에 절인 과자 한 봉지를 집어 들었다.

"고작 하나? 팍팍 골라 봐, 렌. 오빠가 원하는 만큼 사 줄 테니까."

"그럼 두 개 사도 되는 거야?"

발렌은 고작 두 개로 초롱초롱한 눈으로 자신을 바라보는 여동생을 보며 과자 봉지를 잔뜩 집어 카운터 위에 올려두었다.

"아저씨, 열 봉지 주세요."

레이나의 귀여움 앞에 발렌이 꿀에 절인 과자를 잔뜩 사

버렸다.

　봉지는 바구니 아래에 잔뜩 쌓아 두었다.

　바구니가 크니 전부 들어가고도 남았다. 그렇게 무겁지
도 않으니 딱히 관계는 없었다.

　레이나는 무려 열 봉지나 꿀에 절인 과자를 사 준 발렌을
존경어린 눈으로 바라보고 있었다.

　"엄마는 사 줘도 한 봉지만 사 주는데. 아빠는 엄마 눈치
를 보시고. 그런데 오빠는 내 생일 날도 아닌데 많이 사 주
네!"

　"그러고 보니 어머니도 내게 한 봉지만 사 줬었지."

　어렸을 적에 단 것을 좋아했던 발렌. 특히 꿀에 절인 과
자를 가장 좋아했던 발렌은 간식으로 과자를 많이 사 달라
고 조른 적이 있었다.

　그때마다 시이나는 몸에 좋지 않다며 한 봉지만 사 줬었
다. 유일하게 많이 먹을 수 있던 때는 생일밖에 없던 것 같
았다. 자신이나 레이나나 같은 방식으로 키우고 있는 것을
보면 일관성 있다는 생각이 들기도 하다.

　'참. 그러고 보니 어머니 몰래 아버지에게 졸랐던 적도
있었는데.'

　시이나가 한 봉지 밖에 안 사 줘서 메튜에게 사 달라고

졸랐던 발렌.

메튜는 시이나와 달리 발렌에게 꿀에 절인 과자를 몇 봉지든 사 줬었다. 그리고 그것을 시이나에게 들키는 날에는 잔소리를 듣는 아버지를 볼 수 있었다.

지금 생각하면 그때 자식이 발렌 한 명 밖에 없던 터라 아들 바보였던 메튜. 지금은 완전히 딸 바보가 되었다고 하지만 옛날에 시이나에게 잔소리를 워낙 많이 들어 그때처럼 안 사 주는 모양이다.

"허허, 그러고 보니 그랬던 적이 있었지."

"오빠, 개천 건너 할아버지 같으니까 그런 웃음소리 내지 마."

레이나의 말에 발렌이 빙그레 미소를 지어 주며 그녀의 머리를 쓰다듬었다.

'조심해야지. 나도 아버지처럼 잔소리 듣지 말라는 법은 없으니까.'

어머니에게 잔소리를 들은 적은 거의 없지만, 잘못한 것에는 반드시 훈육이 뒤따른다. 그것을 어릴 적부터 겪은 발렌.

다 큰 지금이라면 매를 들지는 않겠으나 그만큼 잔소리를 듣지 않을까 싶다.

"렌. 어머니에게는 비밀이다? 과자는 잘 숨겨서 먹어야 돼. 알았지?"

"응!"

레이나가 그러겠노라고 크게 대답하며 헤헤 웃었다. 레이나가 사고 싶어 하는 것도 샀고, 이제 본격적으로 장을 보는 발렌. 그의 귀에 행인들의 소리가 들려왔다.

"이번에 몬스터 준동으로 선발된 후발대가 이 마을에 며칠 머문다는데?"

"하루 빨리 조셋 마을로 가야 될 텐데 무슨 일이라도 생겼나? 이 마을에 왜 머무는 걸까?"

시장을 둘러보니 그런 말이 계속해서 들려왔다. 분위기가 바뀌었다. 한창 조셋 마을로 향해야 할 후발대들이 이 마을의 병영에 머물며 같이 순찰을 하고 있었기 때문이다.

원래대로라면 발렌이 장을 다 보고 마을 밖으로 지나가는 병사들을 마주쳐야 정상이다. 그러나 지금은 이 마을의 순찰병과 함께 순찰을 강화하고 있었다.

심지어 가볍게 무장한 채 병사 몇 명을 이끌고 돌아다니는 기사들도 간간이 보였다. 지금까지 없던 일이다.

'일이 잘 풀린 모양이군.'

발렌의 얼굴에 미소가 어렸다. 분명 자신이 보낸 서신이 이리 만들었으리라고 확신했다.

'아베트 메아드를 언급하는 게 확실히 효과가 있었어.'

주크나 전형적인 귀족인 테아블에게 직접 가서 말해도 미친놈 취급을 당하기만 하기에 이 영지의 주인에게 직접 서신을 보내는 것을 떠올린 발렌.

서신에 자신이 아는 한도 내에서 사실적인 내용을 적었다.

그러나 이것만으로 부족할 수 있다고 생각하여 아베트 메아드라는 이름을 언급했다.

아마 그것이 이들을 이끌어 낼 수 있도록 적잖게 효과를 주었을 것이라 생각했다. 그 이름이 나온 이상 감히 장난으로 넘길 수 없다고 파악한 것이다.

"렌, 이만 돌아갈까?"

장도 다 봤고, 레이나가 먹을 것도 샀고. 일단 바구니를 살폈다. 장을 본 것들을 차곡차곡 쌓아 둔 덕에 아래에 있는 과자 봉지들이 눈에 잘 띄지 않았다.

집에 돌아갔을 때 재료를 올려두고, 봉지는 따로 숨기면 들킬 일도 없을 것이리라.

그렇게 레이나의 손을 붙잡고 잡화점에 오니 역시나 엘리즈와 이바나가 안에서 시이나와 대화를 하고 있었다. 그가 반가움에 손을 들어 인사했다.

"리즈, 이바나 씨. 오랜만이네요?"

정말 오랜만이었다.

＊　　　＊　　　＊

엘리즈와 이바나와 대화를 잠깐 나눈 발렌. 그들에게 듣자 하니 마법 병단도 이번에 이 마을에 며칠 더 머물게 되었다는 말을 해 주었다. 이유는 비밀이라며 말해 주지 않았지만, 발렌은 그 이유를 잘 알고 있었다. 흑마법사.

그가 보낸 서신으로 인해 수많은 사람들이 움직이게 된 것이다. 고작 서신 한 통만 날렸을 뿐인데 지금까지 혼자 해서 안 된 일들이 술술 풀리니 놀라울 따름이다.

'역시 뭐든 권력이 있고 볼 일인가.'

발렌도 명망 높은 귀족가의 자식이었다면 처음부터 이렇게 빙빙 돌아갈 일도 없었을 것이다. 하긴, 자신도 귀족가의 자식이기는 했다. 몰락 귀족이라는 게 문제지만.

"발렌. 이게 뭐니?"

잠시 한눈을 판 사이에 바구니 안을 확인한 시이나. 비밀로 하기도 전에 이미 들킨 발렌은 찔끔한 표정을 지었다. 그의 표정을 보고 시이나가 한동안 그를 바라보다가 곧 한숨을 내쉬었다.

"후우! 정말이지. 이런 모습은 네 아버지를 닮았구나."

예상과 달리 그녀는 딱히 화낼 생각도 없는 모양이다. 발렌의 친구들도 있고, 이런 일을 많이 겪어 지친 듯한 말투였다.

잔소리를 듣지 않아도 된다는 안도감에 발렌이 가슴을 쓸어내렸다. 다 컸어도 어머니의 잔소리는 무서웠다.

콕! 콕!

한창 레이나의 볼을 찌르며 신기하다는 듯 바라보던 이바나가 불현듯 발렌을 바라보았다.

"어째 남매치고 너랑 하나도 안 닮았는데?"

"뭐, 안 닮은 남매도 있으니까요. 어렸을 적 모습이 닮았다는 말은 많이 듣지만요."

이바나의 말에 발렌이 어깨를 으쓱였다. 사람들 말로는 발렌의 어렸을 적 모습과 레이나의 닮은 구석이 많다는데, 지금은 그것을 찾아보기 힘들다.

레이나는 이바나와 엘리즈의 관심을 한 몸에 받으며 이런저런 말을 하고 있었다. 그녀들은 어느새 레이나의 말에 푹 빠져 미소를 지었다.

'정말 내 동생이지만 친화력 하나는 대단하다니까.'

커서 어떤 사람이 될지 궁금해지는 순간이다. 그녀의 특유의 친화력이라면 상인을 한다고 하더라도 크게 될 성싶었다.

아니면 어머니에게서 잡화점을 물려받아 쭉 운영하는 것

도 나쁘지 않을 듯하고 말이다. 레이나 특유의 친화력은 사람들을 끌어 모으는, 그러한 능력이니까.

"너 어째 어딘가 좀 변한 것 같다?"

이바나가 발렌에게 시선을 향하다가 문득 뭔가 이질감을 느낀 듯 고개를 갸웃거렸다.

"뭐가요?"

"뭐라고 단정 짓기 힘들지만…… 눈이 깊어졌어."

마법사들은 예민하다. 눈이 깊어졌다는 것은 외모가 아니라, 비유적인 것이리라. 발렌은 어깨를 으쓱였다.

"제가 워낙 마음이 넓고, 생각이 깊잖아요. 지금까지 피로 때문에 그게 희석되어서 그런 거예요."

발렌이 장난스럽게 웃자, 이바나가 질색한다는 표정으로 그에게서 거리를 벌렸다.

"자기 얼굴에 금칠하는 건 쉽지 않은 일일 텐데. 얼굴에 철판이라도 깔았니?"

"농담인데 진지하게 받아들이시면 제가 다 창피해지잖아요. 지금은 웃는 타이밍이라고요. 리즈를 봐 봐요. 지금 숨죽여 웃고 있잖아요."

이바나가 엘리즈를 바라본다. 그의 말대로 가볍게 웃고 있었다. 다만 숨죽여 웃고 있다기보다 가벼운 농담을 들은 정도로 피식 웃는 것이었다.

"이게 재밌는 농담이면 세상 살맛 다 떨어지겠는걸?"

그녀는 한숨을 내쉬면서 레이나의 볼을 콕콕 찔렀다.

'아 참. 그러고 보니⋯⋯.'

발렌은 이바나를 보면서 한 가지 있던 일을 떠올렸다. 그가 본격적으로 수련을 하기 전에 이바나에게 도움을 받은 기억이 다시금 떠올랐다.

"이바나 씨."

"왜?"

"고마워요."

"뭐가? 그 재미없는 농담에 냉혹하게 평가해 준 게 고맙다는 거야?"

"아뇨. 그냥 고마워요."

"⋯⋯?"

이바나는 고개를 갸웃거렸다. 그가 무슨 의도로 고맙다고 하는 것인지 전혀 이해하지 못하겠다. 그러나 발렌은 그녀에게 이해를 구하고자 한 말이 아니었다.

그녀가 이해하든 말든 상관없이 진심으로 그녀에게 고맙다는 말을 전하고 싶었다. 엘리즈가 황녀로서 내린 명에 따른 것뿐일지도 모르지만, 자신을 구하기 위해 몸을 사리지 않은 사실만큼은 변하지 않는다.

'지금의 이바나 씨는 모르는 일이야. 하지만 그 행위는

결코 쉽게 나올 수 없는 것이기도 해.'

고작 10~20분 정도 걸리는 거리를 이동하기 귀찮아 실험하기 꺼려하는 그녀가 발렌을 구하기 위해 큰 부상을 입은 채 나서 주었다. 그것이 지금의 그녀가 한 일은 아니어도 그녀가 했던 것은 사실이다.

만난 지 얼마 되지도 않았고, 친하다고 할 수도 없는데 목숨을 버려가며 자신을 구하려고 했던 이바나.

단순히 엘리즈의 명령에 따른 것이라고 해도 그녀가 그를 위해 나서 준 것은 높게 평가할 일이다. 어찌 고맙지 않을 수 있겠는가.

"그러고 보니 이바나 씨. 옛날에 리즈처럼 이바나 씨가 위험에 처해 있으면 자신도 구해 줄 수 있냐며 물은 적이 있었죠?"

"옛날? 그게 무슨 옛날이야? 몇 주 되지도 않은 얘기인데. 어쨌든 그랬었지."

발렌에게는 오래된 기억이지만, 이바나에게는 그리 오래된 이야기도 아니니 당연히 기억하고 있다.

"그런데 그건 왜?"

"이바나 씨도 위험에 빠진다면 목숨을 걸고 반드시 구해 드릴게요."

"뭐, 뭐야 갑자기?!"

생각지도 못한 말에 이바나가 과하게 반응했다. 그런 이바나의 반응에 발렌이 크게 웃었다.

그의 반응을 보고 이바나는 자신을 놀린 것이라고 판단한 듯 한동안 그를 무섭게 노려보았다. 따끔한 시선이 느껴졌지만, 발렌의 웃음은 멈출 줄 몰랐다.

*   *   *

어둠 속에서 다수의 무리들이 한 마을로 향하다가 문득 경계병들이 많다는 것을 깨닫고 인상을 찌푸렸다. 순찰병이 고작 백 명밖에 없는 마을이기에 경계병이 별로 없을 것이라 생각했는데 예상보다 많은 자들이 있었다.

"뭐야, 마을에 무슨 일이라도 있나? 경계가 왜 저리 삼엄해졌지?"

그가 며칠 사이 이곳을 정찰하면서 마을의 경계가 삼엄해진 것은 이번이 처음이었다.

전쟁 때도 아니고, 산적이 인근에서 나타난 것도 아니다. 몬스터 준동이 일어나서라고 하기에는 어제와 비교가 안 될 정도로 경계를 강화한 상태다. 마을의 가정집들도 어째서인지 조용하고 불이 켜진 곳이 없었다.

"어찌할까요?"

한 흑마법사가 아베트에게 다가오며 묻는다. 저 중에는 마법사도 몇몇 끼어 있었다.

제아무리 언데드를 소환한다 해도 다수를 이길 수는 없다. 그리고 저들을 상대한다고 처음부터 마나를 낭비하고 싶지도 않았다.

다크 나이트 몇 기 정도 소환할 수 있다면 괜찮겠으나, 아베트는 이런 작은 마을에서 다크 나이트를 소환하여 마나를 낭비하고 싶지는 않았다.

'원래 예정대로라면 좀비와 스켈레톤 워리어를 소환하여 쑥대밭으로 만드는 것이었지만……'

마법 병단이 왔다는 소식은 들었지만, 오랜 피로로 인해 취침을 하고 있을 때 습격하기로 했었다.

기습을 강행한다면 그들이 소환해 낼 언데드들로 충분히 상대하고도 남을 것이라고 확신했다. 하지만 이렇게 경계가 강화되어 기습에 실패한다면 자신들의 계획은 수포로 돌아가고 만다.

아주 은밀하게, 속전속결로 끝내는 것이 그들의 계획이었다. 하지만 처음부터 계획이 틀어지고 있었다.

"시기를 잘못 맞췄군. 별수 없지. 어린아이들의 심장을 꺼내 보충하는 건 나중으로 미뤄 두고, 일단 가지고 있는 것들로 먼저 소환해 낸 후, 마을을 친다. 돌아서 공동묘지로 향한다.”

　공동묘지만큼 언데드들을 소환하기에 적절한 곳이 없었다. 수십, 수백 년 전부터 수많은 사람들이 묻혔기 때문에 언데드들을 보충할 때 좋은 곳이 공동묘지였다.

　그들은 크게 우회해서 공동묘지로 향하기로 했다. 이미 공동묘지의 위치는 미리 확인했기에 찾아가는 것은 어렵지 않았다. 그리고 만일의 사태에 대비해 우회하는 길도 찾았고 말이다. 그렇게 계획을 변경하고, 아베트가 부하들을 이끌고 마을을 크게 돌기 시작했다.

　산에 위치한 마을인 터라 우회하는 길이 험하기는 하지만, 순찰병들의 눈을 피하기에는 더없이 좋았다.

　30분이면 도착할 거리를 두 배 정도 더 이동해서야 공동묘지에 도착한 흑마법사들. 그들은 이쪽에는 순찰병들이 없다는 것을 확인하고 모습을 드러냈다. 꽤 오랫동안 걸은 덕분에 그들은 온몸이 땀투성이가 되었다.

　찜찜함은 어쩔 도리가 없기에, 이 일을 끝내 놓고 기분 좋게 샤워하기로 했다.

　“마법사들이 눈치채기 전에 서둘러 소환하도록 하자. 설마 그들도 뒤에서 공격해 올 거라고는 전혀 예상하지 못할 테니까.”

　아베트의 말에 그의 부하들이 일제히 고개를 주억인다.

"역시. 네놈들이 이곳을 찾아온다는 것에는 변함이 없구나."

낯선 이의 목소리에 모두가 화들짝 놀라며 목소리가 들려온 곳으로 시선을 향했다.

풀숲에서 풀끼리 스치는 소리가 들려왔다. 그러나 그곳까지 달빛이 들지 않는 탓에 어두워 알 수 없었다.

"웬 놈이냐!"

풀숲에 숨어 있던 갈색머리의 청년이 모습을 드러냈다. 평범하기 짝이 없는 모습의 청년.

옷도 평범하고, 외모도 평범하고, 머리색도 흔하디흔한 갈색이다. 그러나 녀석의 눈은 나이에 맞지 않게 깊어 보였다.

"난 이 날을 손꼽아 기다렸다."

청년이 얼음처럼 차가운 눈으로 그를 노려보았다. 분명 누가 봐도 애송이처럼 보이는데, 눈빛은 호랑이조차 지레 겁을 먹을 정도로 장난이 아니었다.

'그래, 정말 이 날을 오랫동안 기다렸어.'

수많은 반복을 경험하면서 발렌은 이 원한을 잊은 적이 없다. 세월이 지나면 그 당시의 분노는 희석되기 마련이지만, 그는 잊지 않으려고 노력했다. 가족이, 지인들이 녀석들에게 죽음을 맞이하고 마을이 불살라지는 광경을 쭉 지켜보았다.

그것을 잊지 않으려고 리셋 될 때마다 그날에 있던 일들은 전부 기록했다. 기록해 봤자 리셋이 되면 다시 사라지지만, 그래도 꾸준히 기록했다. 이 날을 잊지 않고 녀석들이 했던 짓을 갚아 주기 위해서!

'셀 수 없이 많이 반복했어. 몇십 년이고 이 날을 위해서!'

정확히 얼마나 반복했는지 모르지만, 최소 25년 이상 같은 날을 보냈다. 아마 더했으면 더했지 덜한 시간은 아닐 것이다.

그만큼 그는 수많은 시간을 리셋하며 이 날을 기다렸다. 자신이 생각해도 어떻게 이 날을 견뎌 왔는지 의문이 들 정도였다.

"너 때문에 이 마을이 또다시 불살라지는 건 보기 싫어서 말이야."

"무슨 헛소리를 하는 거냐."

"네게 이해를 바라지 않아."

녀석은 자신의 소소한 재미를 위해 남의 고통을 즐기며 이런저런 말을 했지만, 발렌은 다르다. 구태여 말할 생각이 없다.

"하지만 넌 날 몇 번이고 죽이고, 가족을 죽이고, 지인들을 죽이고, 마을을 몇 번이나 불살랐지."

"이놈이 아주 정신이 나갔군."

"방금 말했잖아. 네게 이해를 바라지 않는다고."

하고 싶은 말만 한다. 녀석은 기억하지 못하는 오늘. 발렌은 이 날을 위해 세기도 힘들 만큼 많은 시간을 리셋 하며 수련에만 매진했다.

정말 이 날만을 손꼽아 기다렸다. 약간이라도 희석된 기억을 다시금 끌어올리기 위해 말했다.

"그간 하고 싶어도 못했던 것들을, 오직 상상 속에서만 했던 행위들을 전부 너희들에게 쏟아 주마."

마치 한겨울이라도 된 것 같았다. 지금 당장에라도 서리가 내려앉을 것처럼 그의 주위로 한기가 몰아치는 것만 같은 착각이 들었다.

'살기는 굉장하구나. 그러나 아직 애송이야.'

그에게서 느껴지는 힘은 생각보다 강하지 않았다. 그러나 방심하면 안 될 녀석이라는 것만큼은 확실해 보였다.

뭔가에 집착하는 듯한 눈빛이다. 그래, 마치 자신의 눈빛과 비슷했다. 복수였다. 확실히 복수를 하겠다는 눈빛이었다.

청년의 살기는 점점 더해져만 간다. 분명 애송이처럼 보이는데, 살기가 굉장하다. 보통 원한을 갖고 있는 게 아닌 듯하다.

살갗을 바늘로 찌르듯 따끔하고 살벌했다. 워낙 한 일이
많은 아베트는 자신이 저지른 일 중 하나 때문에 복수하려
는 자라고 생각했다. 아베트는 이 와중에도 그의 분노에 황
홀해하며 물었다.

"넌 누구냐."

"나?"

발렌이 손가락으로 자신을 가리키며 묻는다. 아베트는
발렌이 말할 때까지 기다리려는 듯 죽일 듯이 노려보고 있
었다. 그가 피식 웃으며 대답했다.

"세인브리트 마탑에서 일하고 있는……."

세인브리트 마탑 얘기가 나와서 그들은 거기까지만 듣고
발렌을 마법사라고 판단했다. 그러나 그의 직업은 엄연히
따로 있었다.

"사서."

"뭐……? 사서? 지금 사서라고 했나? 도서관에서 일하
는 그 사서 말이냐?"

생각지도 못한 말에 얼이 빠진 아베트. 발렌은 고개를 주
억였다.

"벌써 가는귀라도 먹었냐? 그래, 그 사서. 사서가 그것
말고 더 있나? 오늘 너희들은 사서에게 된통 당하게 될 테

니 마음의 준비를 철저히 하고 있는 게 좋을 거야."

"이놈이 감히 우릴 놀려 먹어?"

아베트가 가장 먼저 반응을 보이고, 이를 부득 갈았다. 엄연히 사실이지만, 그들은 발렌이 사서라는 것을 전혀 믿지 않는 눈치다. 믿든 안 믿든 그의 마음이다.

네크로맨서들이 언데드들을 소환해 내기 시작했다. 다수의 언데드들이 그를 도망치지 못하게 하겠다는 듯 주위를 포위한다.

"아무도 나서지 마라. 저놈은 내가 직접 죽이겠다."

"그거 눈물 나게 고마운 제안이네."

다수로 밀어붙이면 발렌도 어쩔 수 없다.

일대일도 불리한 면이 없잖아 있지만, 그는 자신 있다는 듯 주먹을 꼭 쥐었다.

'지금까지 잊지 못한 그 원한을 오늘 이 자리에서 청산해 주마.'

죽지 않고 흑마법사들을 저지하라.

그리고 마치 그의 각오를 다지게 만들어 주듯 그의 머릿속에서 그러한 목소리가 울려 퍼졌다.

Chapter 03

레딘 폰 남바른

<기사>

무투기와 검에 오러를 덧씌울 수 있는 사용자들이 기사직에 많이 종사하고 있다. 오랜 세월 단련한 신체와 무투기는 근접전에서 매우 탁월한 전투 능력을 보인다. 오러의 단계는 크게 소드 비기너, 오러 비기너, 오러 유저, 익스퍼트, 오러 나이트, 마스터, 그랜드 마스터로 나눠진다.

―『대륙의 직업』中 발췌―

*   *   *

그 시각. 아올란 마을의 광장. 오늘따라 밤하늘에 걸린 두 개의 달이 유난스럽게 느껴졌다. 흑발의 자줏빛 눈을 가진, 귀품이 흘러나오는 청년. 어둠 속에서도 달빛에 빛나는 그의 눈동자는 더욱 신비감을 불러일으켰다. 그의 이름은 레딘 폰 남바른. 남바른 공작가의 둘째 아들이다.

그는 마을 광장의 중앙 쉼터에 앉아 잠시 휴식을 취하고 있었다. 레딘은 한 시간 전 병력들의 일부에게 마을 사람들을 피신시키는 것을 도우라 명했다. 마을 사람들은 갑작스럽게 피신하라고 하자 어리둥절한 표정이었지만, 그래도 군말 없이 따라 주었다.

몬스터 준동과 관련돼서 그런 것이겠거니 판단하며 자신들의 안전을 위해 피신에 동참했다.

레딘은 사람들을 피신시키면서 수상쩍은 자들이 없었는지 물어가며 순찰과 함께 수색을 하고 있었다.

'마을이 비교적 작아서 금방 피신하는군.'

그리 많지는 않은 영지민들이 모두 피신한 것을 확인하고 그는 직접 발로 뛰며 순찰을 하는 중이다. 광장에서 잠시 휴식을 취하고 있는데, 그의 눈에 익숙한 여인들이 이쪽으로 향해 오고 있었다. 그의 눈이 동그랗게 떠지며 자리에서 일어났다.

"황녀님을 뵙습니다. 황녀님께서 여긴 어인 일이십니까?"

"전 마법 병단으로 배속되어 활동 중이에요. 이번에 후발대로 레딘 공자께서 오신다는 소식을 듣기는 했는데, 여기서 만나게 될 줄은 몰랐네요."

그의 눈에 들어온 것은 엘리즈와 이바나였다. 레딘과 엘리즈는 구면이다. 기념일마다 반드시 초청되는 가문 중 하나가 바로 남바른 공작가다.

당연히 엘리즈와 레딘이 서로 마주할 일이 많다 보니 모를 수가 없었다. 재능도 뛰어나고, 어린 나이부터 지금까지 황실 근위 기사를 목표로 수련에 매진하고 있어 황제도 그를 지켜보고 있을 정도다.

"소식은 들었어요, 레딘 공자. 이번에 치러지는 황실 근위 기사 심사를 볼 예정이라고요?"

앞으로 몇 주 뒤에 치러질 황실 근위 기사단원을 뽑는 심사가 진행되고, 그도 이번에 참가할 의사를 밝혔다. 이미 그의 재능이 두드러질 정도로 드러난 상황이라 합격은 따 놓은 당상이라고 할 정도다.

바올라 제국의 귀족 대부분이 그의 행보를 주시하고 있을 정도로 모든 관심이 쏟아지고 있었다.

"그렇습니다, 황녀님. 황제 폐하의 명예로운 기사가 되어 언제든 나라를 위해 헌신할 준비가 됐습니다."

레딘은 작게나마 자신 있는 표정을 지었다. 그만큼 오랫동안 준비를 했으며 목표한 바를 한 걸음 앞으로 갈 수 있게 된다는 것에 만족하는 얼굴이다.

"늦었지만 세인브리트 마탑의 마법사가 되신 걸 감축드립니다."

다른 이들이었다면 그 뒤에 '황실의 자랑이자, 제국의 역사적인 날'이라며 온갖 미사여구를 더 붙였겠지만, 레딘은 그런 것이 일절 없었다.

남을 칭찬해도 잘했다, 못했다 정도다. 필요할 때는 사용하는 편이지만, 구태여 말을 많이 하는 편이 아니었다. 엘리즈가 작게 미소를 지었다.

"고마워요, 레딘 공자."

"레딘. 나도 있거든? 리즈랑 너무 하하 호호 하고 있는 거 아니야?"

그들의 말이 다 끝나고서 끼어든 이바나. 레딘의 시선이 엘리즈에서 이바나로 향한다.

"그래, 이바나."

힐긋 바라보며 인사만 하는 레딘. 마음에 안 드는 건 둘째 치고 기분이 나쁜 듯 이바나가 고운 이마를 찌푸렸다.

"리즈에 비해 매우 간단명료한 인사네. 너무 정나미 없는 거 아냐? 어릴 때도 그랬지만 다 큰 지금도 여전하구나?"

"너도 딱히 변한 것 같지는 않은데?"

"그래, 나도 안 변했지. 내가 할 말은 아니었네. 어쨌든 오랜만이다."

사교계에 자주 초청되는 사람은 비단 남바른 공작가만이 아니었다. 엘로이 가문도 포함되며 할아버지를 따라 리즈와 어울려 놀다 보니 레딘과 이바나도 서로 아는 사이가 되었다.

아주 친한 사이는 아니다. 얼굴은 아는 사이다. 마법사 가문과 기사 가문의 만남은 오래전부터 그리 달가운 사이가 아니라 알게 모르게 서로 견제하는 경우도 적잖아 있었다.

특히 제국 최고의 마법사 가문인 엘로이 가문과 기사 가문인 남바른 가문은 만나면 으르렁거리는 개와 고양이 같은 관계다.

공적인 자리에서는 서로 인사를 나누지만, 사석에서는 서로 쳐다보려고 하지 않는 것이 마법사와 기사의 사이.

그나마 다행이라고 해야 할까. 이바나와 레딘은 서로 그런 것은 별로 신경 쓰지 않았다.

오래전부터 서로 으르렁거리는 집안이라고는 해도, 어렸

을 적 함께 놀았던 기억이 있기에 적대시하지 않는 탓이다.

게다가 서로 분란을 일으킬 이유도 없었기에 싸운 적도 없었다. 그러나 집안의 영향이 조금씩 있어서 친하게 지내지 못해 만날 때마다 서먹서먹한 것도 사실이다.

"그런데 이바나, 넌 여긴 어쩐 일이지? 몇 년 전부터 마법에 매진한다며 밖에 나가기 꺼려한다는 소문이 들리는 것 같던데."

"세간에는 그렇게 돌고 있구나? 내가 마법에만 파고들고 있다고."

정확히 말하자면 마법이 아니라 마도구이다. 탑주 입장에서는 세간에 자신의 손녀가 연금술사가 다 됐다고 만천하에 알릴 수 없었기 때문에 손님들에게 그리 말하고 다닌 것이 아닐까 추측할 뿐이다.

"아닌가?"

"비슷해. 다만 마도구를 만들 뿐이지만."

이바나는 숨길 것 없다는 듯 사실대로 말했다. 마도구를 만들고 있다는 말은 조금 의외이기는 했지만, 레딘은 별로 신경 쓰는 기색이 아니었다.

"내가 마도구를 만들고 있다는 말을 했는데 별로 안 놀라네? 연금술사나 다름이 없는데?"

"네가 하고 싶은 일이니 잘못된 일은 아니겠지. 난 딱히 연금술사를 안 좋게 생각하지 않아."

"헤에~"

이바나는 신기하다는 듯이 그를 바라보았다. 연금술사는 거의 모든 나라에서 무시당하는 직업이기 때문이다. 그런데 그의 눈을 보니 정말 거짓 없이 진실을 말하고 있는 것 같았다.

"애초에 내가 무시한다 해도 넌 전혀 신경 안 쓸 것 같고."

"맞아. 나는 너뿐만 아니라 남들을 의식하지 않아서 어떤 소문이 돌든 전혀 신경 안 써."

이바나가 어깨를 으쓱였다. 범인은 천재를 이해할 수 없는 법. 이바나는 자신이 나아가고자 하는 길로 당당히 나아가며 반드시 할아버지의 콧대를 꺾고 말겠다는 야심으로 가득 차 있었다. 그렇게 잠깐 대화를 하다가, 엘리즈가 물었다.

"한데 레딘 공자."

"예, 황녀님."

"병단장님께서도 사실을 말씀해 주시지 않던데. 도대체 어떤 이유에서 갑자기 이 마을에 며칠 머물며 순찰을 하는 거죠? 사람들도 갑자기 피신시키고. 듣기로는 남바른 공작가에서 요청을 했다는 것 같은데요."

"아직 말씀을 못 들으셨습니까? 이바나도?"

둘이 동시에 고개를 끄덕였다. 레딘은 턱에 손을 짚었다.

"아무래도 병단장님께서는 저의 말을 아직 크게 신용하지 못하는 것 같군요."

그가 한숨을 내쉬었다. 아올란 마을에 도착하기 무섭게 그는 바로 테아블에게 이 사실을 직접 알렸다. 그러나 정작 테아블은 시큰둥한 표정이었다. 마기도 풍기지 않는 이곳에서 무슨 흑마법사가 나타나느냐며 화를 내기도 했었다.

다행히 레딘의 곁에 언변이 좋은 부하가 있어 어떻게든 설득을 할 수 있었지만 마법사들에게 이 사실을 말하지 않은 모양이다.

마법사 특유의 똥고집과 고지식함, 그리고 기사 가문의 말에 따라야 한다는 것이 탐탁지 않은 눈치였었다.

괜히 흑마법사라는 뒤숭숭한 얘기를 꺼내서 사기를 저하시키고 싶지 않아 그런 것일지도 모르지만, 이런 심각한 일에는 상대의 정체를 알릴 필요가 반드시 있었다.

그래야 순찰하는 마법사들도 목표가 누구인지 알고 대응할 수 있지 않겠는가.

"실은 순찰을 강화한 이유는 흑마법사가 아올란 마을을 쑥대밭으로 만들 것이라는 밀고가 있었기 때문입니다."

"흑마법사가요?"

"예, 서신에는 영지민이라고 쓰여 있었지만, 흑마법사들 사이에서 내분이 일어나 자신과 적대시 되는 자들을 처리하기 위해 보낸 것이 아닐까…… 저는 그리 판단하고 있습니다."

함정일지 모른다는 생각도 들지만, 이를 위해 항시 준비 태세를 갖추고 있는 것도 사실이다.

"혹 저도 그 서신을 볼 수 있을까요?"

"예, 황녀님."

레딘이 기꺼이 품에서 서신을 꺼내 그녀에게 두 손으로 공손히 건넸다. 엘리즈가 서신을 펼쳐 들었다.

확실히 그의 말처럼 같이 지낸 흑마법사가 밀고한 것 같았다. 그러나 엘리즈는 서신을 읽으면서 뭔가 이상하다고 느꼈다.

"서신이 조금 이상하지 않습니까?"

"다시 보겠습니다. 흠…… 무슨 문제라도 있습니까?"

레딘은 전혀 모르겠다는 표정이다. 혹시 자신이 모르는 마법적인 처리라도 된 서신인가 싶었지만, 마나의 기운은 전혀 느껴지지 않는다.

"이 필체는……?"

그녀는 곧 서신이 왜 이상한 것인지 이제야 깨달았다. 서신에 적힌 글씨가 익숙했다. 어디에선가 많이 본 필체였기 때문이다.

엘리즈는 이 서신의 필체를 어디서 봤는지 고민에 빠졌다. 분명 가까운 시기에 봤던 필체였다. 누구의 필체인지 곰곰이 생각하다가, 곧 그녀의 동공이 쉴 새 없이 떨리기 시작했다.

누구의 것인지 알아 버렸다. 그녀는 이 필체가 누구의 것인지 알고 있었다.

제시카의 독살 사건 때 봤던 그 필체다. 그녀의 반응을 보고 레딘이 물었다.

"황녀님. 안색이 좋지 않으십니다."

"리즈. 왜 그래?"

그녀가 이런 표정을 짓는 것을 난생처음 본 레딘. 엘리즈가 파랗게 질린 얼굴로 그를 크게 불렀다.

"레딘 공자. 이바나. 지금부터 세인브리트 마탑의 마법사가 아닌 바올라 제국의 황녀로써 명합니다."

"말씀만 하십시오, 황녀님."

"예, 황녀님."

그녀의 기세에 레딘과 이바나가 누가 먼저라고 할 것 없이 부복했다. 평소 자신의 지위로 명하는 경우가 없는 엘리즈. 그녀가 자신의 지위를 이용하려고 할 정도면 분명 심각한 일일 것이라고 생각했다.

"지금 당장 찾아야 될 사람이 있습니다."

"누굴 말씀이신지요?"

명을 내려 준다면 따르겠다는 듯 레딘의 눈에 힘이 들어 갔다.

"찾을 사람은 발렌시아. 아올란 마을 잡화점의 아들이 자, 세인브리트 마탑 도서관의 사서입니다. 그가 또다시 큰 사건의 중심에 서 있습니다. 그라면 분명 이 일에 맞서 싸 우고 있을 겁니다. 서둘러 그를 찾아야 합니다."

"명을 받들겠습니다."

레딘은 발렌시아가 누군지는 모르지만, 그녀가 직접 찾 으라고 할 정도면 보통 사람은 아니리라 생각했다. 그가 말 을 타고 잡화점으로 사람을 보내려고 할 때였다.

그의 명에 따라 임무를 수행하고 있던 레딘의 수행인이 말을 타고 빠르게 다가왔다.

"도련님. 보고드릴 것이 있습니다!"

"무슨 일이야?"

"현재 이 마을의 공동묘지 쪽에서 알 수 없는 굉음이 들 려오고 있다고 합니다. 폭발음을 토대로 누군가가 전투를 치르고 있는 것으로 추측하고 있습니다. 현재 순찰병과 마 법 병단 일부가 그쪽으로 향하고 있습니다."

그 말에 레딘이 인상을 찌푸렸다. 이 상황에서 갑자기 전투가 벌어지고 있다니. 이를 들은 엘리즈가 서신의 내용을 다시금 떠올리며 소리쳤다.

"언데드! 언데드를 소환하기 위해서는 시체가 많이 묻혀 있는 곳이 가장 적절합니다. 그렇다면 흑마법사가 그쪽에 있을 확률이 큽니다. 저도 따라갈 테니 서둘러 공동묘지로 향하도록 해요!"

만약 발렌이 이 사실을 전부 알고 있었다면 분명 공동묘지에 있을 것이라 파악한 엘리즈. 그녀는 레딘의 수행인의 안내를 받아 공동묘지로 향했다.

*　　　*　　　*

"후우, 뭔가 대단한 게 있을 줄 알았더니. 이제 막 위저드급이 된 마법사일 뿐이로군."

발렌은 힘에 부치는 듯 숨이 거칠었다.

'역시 온전히 마법으로만 그를 상대하는 건 힘든 건가?'

발렌은 숨을 고르려는 듯 한 번 크게 들이마시고 내뱉었다. 역시 아직 아베트를 상대로 이기기에는 역량이 부족했던 모양이다.

그나마 이 정도 버틸 수 있던 것은 나름대로 그에게 불리한 조건이 있었기 때문이다.

아베트는 자신의 마나를 꾸준히 언데드를 소환하는 의식에 계속 투자하면서 발렌과 싸우고 있었기 때문이다.

마법사 간의 싸움은 주로 마나량에 따라 달라진다. 마나가 계속 빠져나가는 그와 싸워 발렌도 이 정도로 분발할 수 있었다.

역시 아베트가 마법에 남다른 재능이 있다던 말은 사실이었던 듯하다.

그가 매우 큰 악조건을 가지고 전투에 임하고 있음에도 자신이 이길 수 없다는 게 놀라울 따름이다.

'하지만 지친 건 나만이 아니야.'

마나의 소비가 발렌보다 큰 아베트는 상당히 지친 상황. 누가 유리하다고 할 것이 없었다.

스켈레톤 워리어나 좀비가 덤벼들지 않는 일대일 상황에서 현재까지는 비등비등하게 싸울 수 있었다. 그러나 그것도 다 시간문제.

발렌의 시선이 아래로 향했다. 벨트를 착용한 가죽 주머니의 내용물. 아직 하나도 사용하지 않아 가득 남아 있는 이바나의 실험품.

그래도 이를 사용하지 않고도 흑마법사를 무려 두 명이나 해치울 수 있었다. 아주 우연찮게 방심한 흑마법사들에게 날린 마법이 적중하여 쓰러뜨린 것이다.

'녀석은 방심하고 있다.'

방심은 전투에서 큰 실책으로 이어질 수 있었다. 자신의 부하가 두 명이나 희생되었음에도 녀석은 아랑곳하는 표정이 아니었다.

오히려 언데드들에게는 퇴로만 막아 두라고 하고 있고, 계속 일대일을 고집하고 있었다.

'시간은 자신들의 편이 아니라는 걸 잘 알 텐데도 이렇게 여유롭게 나오다니. 나에게 점점 유리하게 만들어 주는군.'

그것도 아니라면 어울려 놀아 주는 것에 무슨 꿍꿍이가 있거나. 발렌은 무슨 꿍꿍이가 있다고 하더라도 최대한 이를 살리기로 했다. 최선의 결과를 이끌기 위해 지금까지 오랜 시간을 홀로 고독을 씹으며 수련에 매진하지 않았던가. 오늘이 마지막이라 생각하고 최선의 결과를 이끌기 위해 그간 많은 고심을 했다.

'문제는 남은 인원들인데…….'

아베트도 문제지만, 아직 남아 있는 네크로맨서들은 뒤에서 주문을 외며 소환 의식을 치르고 있었다. 인원이 적어진 덕분에 소모해야 할 마기가 늘고, 캐스팅 시간이 길어질 수밖에 없었다. 그래서인지 힘에 부쳐하는 게 눈에 보일 정도였다.

"자, 어디 더 해볼 작정인가? 이대로 그냥 달아나면 10 초 정도의 유예는 줄 수 있는데."

아베트는 유희를 즐기려는 듯한 말로 그를 구슬렸다. 움 직인 양도 상당하거니와 마나의 소모가 많아 어질어질 거 렸다. 체력적으로 지친 것은 사실이었다.

'하지만 이대로 꺾일 수 없어.'

이 날을 위해 그간 엄청난 시간을 반복했다. 그 고통에 비하면 이 정도는 아무것도 아니다.

이미 단단하고 견고해진 마음만큼은 절대로 꺾이지 않았 다. 비틀비틀 거리는 몸을 다시 일으키며 주머니에서 뭔가 를 꺼냈다.

그가 꺼낸 것은 완드였다. 보나바르가 남긴 완드. 이제 마법도 쓸 수 있으니 완드를 사용하려는 것이다.

"호오? 완드에서 상당한 마나가 느껴지는군. 상당히 좋 은 완드야. 지금까지 그걸 놔두고 싸운 건가? 어리석은 놈 이로군."

완드는 주로 마법의 위력을 증폭시켜 주고, 더욱 쉽게 마 법을 쓸 수 있도록 해 주는 도구이다. 있으면서도 사용하지 않는 것은 실전에서 어리석은 행위라고 볼 수 있었다. 방심 을 유도하려고 숨기는 경우도 있지만, 지금 상황에서 꺼내 기에는 늦었다고 말할 수 있었다.

'어디에서나 볼 수 있는 완드로 보면 섭하지.'

무려 보나바르가 남긴 완드이다. 시중에서 구할 수 있는 완드랑 차원이 다른 무기라고 발렌은 단언할 수 있었다.

"그 완드는 네놈을 죽이고 나서 내가 써 주도록 하지. 한데, 마나가 거의 고갈된 상태로 어떻게 싸울 작정이지?"

언데드들은 그가 달아나지 못하도록 주위를 에워싸고 있었다. 아베트는 자신이 유리하다고 판단하여 실실 쪼개고 있었다.

"어떻게 싸울 거냐고?"

발렌의 주위로 마나가 요동치기 시작했다. 이를 본 아베트가 인상을 찌푸렸다. 공기 중에 떠돌던 마나들이 그의 주위로 빠르게 몰려오며 다시금 그의 서클에 채워지기 시작했다. 발렌은 고통스러운 듯 눈살을 찌푸렸다.

'저것은……?'

이를 목격한 아베트의 눈이 더더욱 커진다. 오늘따라 놀람의 연속이었다. 그러나 이를 신경 쓸 때가 아니지만, 그가 하고 있는 행위는 그 사실마저 잊게 만들고 있었다.

어지럼증이 사라졌지만 억지로 마나를 채우는 이 기술은 육체를 혹사시키는 기술이다. 발렌이 몇 번 실험해 본 결과 두 번이 한계였다. 그나마도 마지막 두 번째는 첫 번째처럼 마나를 꽉 채우도록 마나 엔진을 돌리면 각혈하며 죽음에 이르렀다. 두 번째 충전은 반드시 반이 조금 못 미치는 정도만 해야 된다.

'어머니께서는 경지가 높아지면 몇 번이든 할 수 있을 것이라고 하셨지만…… 내 한계가 이 정도라는 소리겠지.'

수련을 하면서 궁금한 것이 있으면 시이나에게 물어보며 해결하는 식으로 진행해 왔던 발렌이다. 그리고 자신이 할 수 있는 것이 얼마나 되는지 직접 확인해 가며 깨달았다. 덕분에 그는 자신의 한계를 명확히 알고 있었다. 이것으로 단번에 승부를 봐야 했다.

'넋을 놓고 있는 지금이 기회다!'

발렌의 입이 빠르게 움직이고, 그의 주위로 마나가 회전하며 빠르게 얼음 송곳이 만들어졌다. 그의 주위로 떠돌고 있는 얼음의 화살들. 곧이어 화살들이 일제히 아베트를 향해 날아들었다.

그의 얼굴이 경악으로 물들며 뒤늦게 쉴드를 펼쳤다. 대다수의 공격은 막아 냈으나, 대처가 늦은 덕분에 그의 몸에 몇 개의 얼음 화살이 박혔다.

왼쪽 어깨와 복부에 박힌 화살이 곧 사라지며 출혈을 일으켰다. 잠시 넋을 놓고 있던 것이 가장 큰 실책이었다. 발렌은 기회를 포착하고 곧장 녀석에게로 달려들었다.

"크윽! 막아!"

위기의 순간이 오자, 그가 언데드들에게 지시했다. 스켈레톤 워리어들과 좀비들이 일제히 아베트 앞으로 몰려들어 철벽을 만들었다.

몰아붙이지 못하게 언데드를 방패막이로 세운 아베트. 그러나 발렌은 지체 없이 가죽 주머니에서 이바나의 실험품 중 하나인 폭발석을 꺼내며 언데드들에게 던졌다.

콰아앙!

언데드들 한가운데에서 폭발이 일어나고, 언데드들이 산산이 부서졌다. 동시에 스켈레톤 워리어가 들고 있던 나무 방패의 파편이 날아들었다. 나무 파편은 그의 뺨을 스쳐 지나갔다. 그이 뺨에 작게 선혈이 그어졌다.

'닿는다!'

폭발과 함께 다시금 녀석의 모습이 보인다. 아베트는 도저히 믿을 수 없다는 듯 눈을 동그랗게 뜬 채로 바라보고 있었다.

설마 언데드들이 이렇게 허무하게 뚫리리라고는 상상도 못했을 것이다.

발렌은 그를 향해 손을 뻗었다. 그러나 녀석도 이미 반격할 준비가 완료된 상황이었다. 발렌보다 더 빨리 마법이 준비된 아베트. 발렌이 아차 싶었으나 늦은 것 같았다. 아베트의 손에 거대한 불길이 피어오르며 거대한 구체가 만들어졌다. 녀석이 각혈하며 자신의 손에 들린 화염구를 그에게 날렸다.

그 짧은 순간, 발렌은 파이어 볼을 막기에는 캐스팅 할 시간이 부족하다는 것을 깨달았다. 그러나 발렌은 멈추지 않았다.

그는 오히려 녀석이 날린 파이어 볼을 정면으로 맞설 생각이었다. 아베트는 어리석은 놈이라고 생각하며 자신의 승리를 확신하고 있었다. 대처하기에는 늦은 상황.

"파이어 볼!"

발렌은 어떤 캐스팅도 없이 파이어 볼을 외쳤다. 그러자 어떤 징조도 없이 녀석과 똑같은 화염구가 날아들며 서로 부딪쳤다.

폭발이 일어나며 발렌과 아베트를 뒤로 날려 보냈다. 발렌은 즉시 자리에서 일어났지만, 아베트는 부상을 입은 상황이라 바로 일어나지 못하고 비틀비틀거렸다.

'아티팩트의 파이어 볼은 아직 두 발 정도 더 쓸 수 있다.'

탑주에게 받은 아티팩트였다. 쉴드는 오우거 사건 때 엘리즈를 구하기 위해 한 번 써서 사용이 불가능하고, 파이어 볼은 이제 막 한 발을 쐈기 때문에 두 발이 남았다.

"네, 네놈 아티팩트도 가지고 있었구나. 도대체 정체가 무엇이냐!"

"말했잖아. 마탑의 사서라고."

발렌의 주위로 이번에는 순수 마나로만 이루어진 화살이 만들어졌다.

유일한 1서클 공격 마법인 마나 애로우. 아베트가 날린 파이어 볼이 허무하게 허공에서 폭발음과 함께 화끈한 열기가 주위로 퍼져 나갔다.

"고작 사서라는 놈이 어째서 마이셀 가문의 비전과 아티팩트를 가지고 있다는 것이냐!"

아베트는 이를 가장 이해할 수 없었다. 아티팩트는 어떻게 우연찮게 구했다 하더라도, 사서라는 놈이 오래전에 실전되었을 마이셀 가문의 비전을 사용한다? 도저히 말이 안 됐다.

'그렇다면 마이셀 가문에서 살아남은 자인가? 아냐, 마이셀 가문은 대대로 둔재밖에 태어나지 않아. 손에 꼽을 정도의 인원만 천재가 나타날 뿐. 게다가 몰락한 가문에서 살아남은 자라고는 해도 너무 어려.'

그의 나이를 보았을 때 20대 초반 정도다. 마이셀 가문의 비전이 뛰어나다고 하더라도 한 가지 걸리는 게 있다. 그 가문의 사람이라면 어렸을 적부터 배웠어도 지금 나이에 위저드급 마법사가 되는 것은 힘든 일이라는 것이다.

아니, 평생이 걸려도 위저드급 위로 올라가지 못하는 것이 그 가문의 특징이었다. 그만큼 마이셀 가문의 핏줄은 절망적인 체질의 사람들만 태어난다.

그것을 전부 비전으로 커버하는 것이 마이셀 가문. 영지전에서 패배해 몰락한 가문의 비전을 이렇게 다시 눈앞에서 목격하게 될 줄은 전혀 몰랐다.

그렇다면 마이셀 가문의 사람이 아닌 자가 어떻게 마이셀 가문의 비전을 익히게 된 걸까?

이유는 모르지만 가장 가능성 있는 추측이 있었다.

'혹 행방불명된 샤란 디 마이셀이 거둔 제자인가?'

가장 가능성이 있는 것은 그것이다. 그러나 사실을 확인하기 전까지는 그저 추측일 뿐. 이유야 어쨌든 까다로운 상대를 만났다는 것만큼은 확실했다.

"까다로운 상대를 만났다는 표정이네?"

마치 생각을 읽기라도 한 듯 발렌이 말해 오자, 아베트가 인상을 찌푸렸다.

솔직히 말해 아베트도 슬슬 힘에 부치려고 하던 때였기 때문이다. 그가 몇 번이고 이 짓을 해서 상대해 올지 모르기 때문에 진지하게 나오지 않으면 자신이 죽을 것이라는 판단을 세웠다.

"네가 날 죽이기 전에 말한 의견을 적극 수렴해서 네가 상상하는 것 이상으로 열심히 수련했지. 너와 대등하게 싸울 만큼은 아니었지만, 그래도 그때와 달리 이렇게 싸울 수 있는 것도 장족의 발전이야."

"네가 당최 무슨 소리를 하는지 모르겠군."

"이해를 바라지 않는다고 했잖아. 네가 네 멋대로 지껄이듯, 나도 내 마음대로 지껄이는 거니까 서로 상관 말고 할 일들 하자고."

발렌의 시선이 소환 의식을 치르고 있는 녀석들에게로 향한다. 인원이 충분치 않아 시간이 걸리는 듯하지만, 이대로 시간을 끌어서 좋을 것이 없다고 판단한 것이다. 녀석의 주위로 흐르는 마기의 기운이 심상치 않았다.

전투 도중 불행히도 기습에 당해 두 명이 죽은 것과 아베트가 마기만 공급하느라 시간을 많이 지체한 것이 큰 도움이 되었다.

발렌은 아베트만 죽이고 재빨리 도망갈 생각을 하고 있었다. 나머지는 순찰병과 마을에 잠시 머물고 있는 마법 병단이 처리해 줄 것이다. 그가 가죽 벨트에 끼워 두었던 투명한 액이 든 플라스크 병을 꺼내려는 찰나였다.

멀지 않은 곳에서 말발굽 소리가 요란스럽게 울려 퍼지며 작게 땅이 흔들리고 있었다.

"아무래도 이제야 눈치챈 모양이네."

발렌의 목적은 아베트를 죽이는 것 외에 지원군을 불러내는 것도 있었다. 자신이 불리하다는 것을 계산해서 넣은 것이다.

"게다가 이제 내가 확실히 이긴 것 같고."

녀석은 이미 출혈이 심각하게 진행 중이었다. 프로즌 애로우는 상대의 몸에 얼음 송곳을 박고, 치명상을 입히는 것이 장점인 마법이다. 특히 얼음이 순식간에 사라져서 과다 출혈을 유발시킨다. 녀석의 방심이 결국 화를 키운 셈이다.

'이미지 트레이닝이 정말 도움이 많이 됐어.'

발렌은 이 날을 손꼽아 기다리면서 흑마법사들의 공격 방식들을 여러 가지 경우의 수를 생각해 뒀다. 실전에서는 예상치 못한 공격이 많이 오갈 수 있다. 상상과 현실은 다르니까.

하나 발렌에게는 리셋이라는 저주가 함께하고 있다. 아베트가 어떻게 나올지 상상하고 또 상상했다. 그리고 그 결과 실전에서도 도움이 많이 되었다.

"큭! 크크큭! 바보 같은 놈."

녀석이 새빨갛게 물든 이빨을 보이며 웃었다.

"우리의 목적은 남바른 공작령을 무너뜨리는 것이다. 이 빌어먹을 가문의 영지를 쑥대밭으로 만들 생각이었는데, 오히려 영지를 지켜야 할 병사들이 직접 와 준 것은 고마워

할 일이지."

사이하게 웃던 녀석이 자신의 머리카락을 쥐어뜯으며 망가진 웃음을 띠었다.

"네놈의 등장은 상당히 의외였지만…… 그거 알고 있나? 이 소환 의식이 끝나면 네놈과의 승패 여부와 상관없이 난 반드시 죽게 된다는 것을."

"……뭐?"

그건 또 무슨 소리라는 말인가? 발렌은 처음 듣는 말이었다. 소환 의식을 마치면 죽게 된다니?

"언데드를 만들 때 걸리는 시간을 단축하는 가장 빠른 방법은 어린아이의 심장과 소환자의 수명을 바치는 것이지."

그러고 보니…… 지금까지 녀석이 펑퍼짐한 로브를 입고 있어서 몰랐는데, 상당히 왜소해진 것 같은 느낌이 들었다. 분명 꽉 졸라맸을 허리띠가 반쯤 내려온 것을 보니 알 것 같았다.

"한 달 뒤에 죽느냐, 오늘 죽느냐의 차이일 뿐. 게다가 아슬아슬하게 시간이 되었군."

그가 지금 당장 쓰러져도 이상할 게 없는 몰골로 거만하게 양팔을 양옆으로 벌리자, 작게 땅이 흔들리며 갈라지기 시작했다. 언데드들이 일어나기 시작한 것이다.

결국 언데드 소환을 막을 수는 없었다. 소환 의식을 마친 흑마법사들이 아베트에게 다가와 위태롭게 서 있는 그를 부축했다.

"그리고 이게 끝이라고 생각하지는 않겠지?"

녀석은 비장의 한 수를 남겨 두었다는 듯 살벌한 시선으로 그를 가만히 지켜보며 후드를 벗었다. 그동안 후드에 가려져 보지 못한 아베트의 얼굴을 처음 보게 된 순간이었다.

상당히 마른 체형이지만, 눈빛만큼은 맹수의 것처럼 살벌하게 느껴졌다. 절대 허세가 아니라는 것을 알 수 있었다.

"발렌!"

이히히힝!

그의 이름을 부르는 엘리즈의 목소리와 함께 말 울음소리가 들렸다. 뒤를 돌아보니 엘리즈와 이바나가 그를 향해 뛰어온 참이다. 그들이 찾아온 것을 보고 그의 얼굴이 환해졌다.

"리즈, 이바나 씨."

"괜찮아? 어디 다친 곳은 없고?"

"와, 이 땀 좀 봐. 도대체 어떻게 지금까지 시간을 끈 거야?"

그들은 발렌이 마법을 사용할 수 있다는 사실을 까맣게

모른 채 지금까지 버틴 그를 보며 신기해하고 있었다.

"난 괜찮아."

"이제 걱정하지 마. 나머지는 우리가 처리할 테니까."

그 뒤로는 수많은 병력들이 공동묘지 주변을 에워싸고 있었다. 몬스터 준동 조짐으로 인해 온 병력들이다. 최소 천 명은 될 인원. 거기다 마법 병단까지. 이 정도 숫자면 충분히 이길 수 있을 것이라는 생각이 들었다.

그러나 어째서인지 아직 불안함이 남아 있었다. 아베트가 위기에 몰린 것치고는 자신있는 표정을 짓고 있었기 때문이다.

"아베트 메아드."

낯선 이의 목소리가 들려온다. 가장 앞서 달려온 이가 말에서 내리며 검을 뽑아 들었다.

"금지된 마법 사용과 남바른 공작가에 도전한 죄, 레딘 폰 남바른의 이름으로 처단하겠다."

"남바른? 네놈이 남바른이라고?"

아베트가 레딘을 뚫어져라 본다. 그리고 곧 그의 외형을 살핀 그가 크게 웃으며 소리쳤다.

"그래, 그 저주스럽다 못해 악마처럼 보이는 흑발과 자줏빛 눈동자! 남바른 핏줄만의 유산이지. 크흐흐! 남바른이라니! 내가 저주하고 있는 핏줄이 내 눈앞에 나타나 죽으러

와 주다니. 이렇게 고마울 수가!"

"감히 우리 가문을 악마로 비유하다니. 제정신이 아니로 구나."

무뚝뚝하고 항상 미적지근하게 반응하던 그도 이번에는 확실히 기분이 나쁜지 와락 인상을 구겼다. 남바른 가문에서 흑발과 자줏빛 눈동자는 크나큰 자랑이다.

남바른 가문의 아들은 반드시 흑발과 자줏빛 눈동자를 가지고 태어난다. 그 때문에 남바른 가문의 피는 그 어떤 자들보다 강하다고, 대대로 자랑거리로 여겨 왔으며 레딘도 그렇게 생각해 왔다.

그런데 그런 자랑거리를 감히 악마에 비유하다니. 가문을 모욕한 그를 용서할 수 없었다.

"지금 당장 남바른 가문을 모욕한 죄가 얼마나 무거운지 알게 해 주마."

그 죄는 죽음뿐. 그의 압도적인 기세에 숨이 턱 막히는 것만 같았다. 그러나 아베트는 그 살기에 오히려 웃어 보였다.

"그래, 난 어찌하든 죽는다. 하지만 네놈도 죽는다."

마나도 거의 고갈된 상태고, 싸울 형편이 되어 보이지도 않는 몸이다. 저런 상태로 어떻게 자신과 싸우려는 것인지 이해하지 못하겠다는 듯 레딘이 의문을 표하다가 몸을 움

찔 떨었다. 갑자기 녀석의 주위로 강한 마기가 퍼져 나갔기 때문이다.

"네놈에게 선물을 하나 주고 가지. 원래 사용할 생각이 없던 것이지만, 이왕 죽는 운명, 나와 내 부하들의 수명을 다 바쳐 최고의 절망을 보여 주도록 하지."

그를 부축하고 있던 흑마법사들이 무슨 소리냐는 듯 아베트를 바라본다. 녀석은 자신들의 부하가 무슨 생각을 하고 있는지 일절 관심도 주지 않은 채 씩 웃어 보였다.

"어디 한 번 원 없이 싸워 보거라."

그의 주위로 마기가 봇물 터지듯 쏟아져 나오며 그와 부하들을 감싸기 시작한다.

"히익!"

"이게 무슨?!"

흑마법사들도 아베트의 갑작스러운 행동에 당황하는 것은 매한가지.

공포라는 감정이 모든 이들의 마음에 자리한다. 미지의 힘에는 공포를 느끼는 것은 인간의 본능이다. 그러나 레딘은 그 공포를 물리치며 검을 움켜쥐었다.

식은땀이 그의 등줄기에 흐르고 있지만 그 공포에 계속 맞서 싸웠다.

검은 기운이 아베트와 흑마법사들을 모조리 집어삼키고

사라졌다. 마기가 공동묘지 전체를 장악한다. 그리고 그의 눈에 믿을 수 없는 광경이 들어왔다.

아베트와 흑마법사들의 모습은 온데간데없이 사라졌다. 그리고 그 자리에는 제삼자인 누군가가 서 있었다.

가만히 서 있는 정체불명의 하나의 인영. 그 모습만으로도 모두가 긴장하기 시작했다. 정체불명의 인영의 모습이 달빛을 받으며 점점 모습을 드러냈다.

몇 달 간 제대로 먹지 못한 사람처럼 삐쩍 말라 있었다. 살가죽이 완전히 뼈에 붙어 그대로 드러나고 있었다.

고작 그뿐이라면 놀라지 않을 것이다. 지금 눈앞에 있는 자는 인간이라고 보기 힘든 몰골이었다.

"저, 저건……."

이를 지켜보던 발렌의 눈이 동그랗게 떠진다. 생명의 기운은 전혀 존재하지 않고, 눈자위가 있어야 할 곳은 텅 비어 있는 대신 붉은빛이 감돌고 있었다.

언젠가 심심풀이로 보던 옛 서적의 언데드의 모습과 너무도 흡사했다. 발렌은 머릿속으로 녀석의 존재를 부정하며 입을 열었다.

"리, 리치(Lich)……!"

"캬아아!"

리치가 된 아베트는 사람이 낼 수 없는 소리를 내며 모든 이들에게 시선을 고정시켰다. 그의 시선에 다들 잔뜩 얼어 붙으며 무기를 움켜쥐었다.

죽은 이의 붉은빛 시선은 살아 있는 생명체 모두에게 큰 공포감을 안겨 주며 발렌의 머릿속에 다시금 목소리가 들려왔다.

죽지 않고 리치를 처단하라.

Chapter 04
공동묘지 전투

<리치>

마법을 사용하는 언데드. 흑마법사가 스스로를 제물로 하여 리치가 된다고 알려져 있다. 리치가 된 이들의 대부분은 이성이 사라지며 강력한 마법과 언데드 소환을 펼친다고 알려져 있다. 그러나 리치의 진정한 무서움은 따로 있었으니, 그것은 바로…….

—『저주받은 자들』中 발췌—

*　　　*　　　*

콰앙! 쾅!

리치의 출현과 함께 격렬한 전투가 시작되었다. 굉음이 공동묘지에 울려 퍼졌다. 발렌은 병사들의 도움을 받아 진형 뒤로 물러났다.

"발렌. 괜찮니?"

주크였다. 그가 발렌의 몸을 살폈다. 다친 곳이 없다는 것에 안심했다. 발렌에게는 그저 피로한 기색만이 역력했다.

"주크 아저씨. 여긴 어쩐 일로……?"

"난 백부장이잖니."

마을이 워낙 평화로워서 치안 유지만 하고 있지만, 그도 엄연히 전투병들을 이끌고 있는 장교였다. 발렌은 주크를 보고 안심하며 곧 마을을 떠올렸다.

"아저씨. 마을은 무사한 가요?"

"그래. 부하들 몇몇을 보내 혹시나 모를 일에 대비해 사람들을 피신시키고 있다. 네 가족들도 피신하고 있을 거다."

그의 말에 발렌이 안도했다. 경계가 강화되어 흑마법사들이 공동묘지로 우선 오게 되어 마을에는 전혀 피해가 없었다. 그때 그가 발렌의 머리에 꿀밤을 때렸다.

"이런 사건이 일어날 것을 알았으면서 왜 나한테 말하지 않은 거냐, 발렌."

주크가 그를 타박했다. 그가 공동묘지에서 흑마법사들이랑 대치한 걸 보고 발렌이 사전에 다 알고 있었다는 걸 눈치챈 것이다.

'살짝 억울한데?'

발렌도 왜 말하지 않았겠는가. 지금의 주크의 기억에는 없지만, 발렌은 주크에게 말한 적이 있었다. 그리고 돌아온 것은 불신이었다.

'물론 내 상황이 앞뒤가 안 맞아서 생기는 일들이지만.'

상황상 절대 믿어 주지 않을 걸 알기에 별수 없이 먼저 말하는 걸 포기하고 공작가에 서신을 보냈다. 서신을 보내는 건 이번이 처음이지만 말이다.

"발렌. 얼른 이곳에서 도망쳐. 여긴 우리들이 해결할 테니까."

옆에 있어 준 엘리즈와 이바나가 자리에서 일어났다. 그녀들은 마법 병단이 있는 곳으로 가 참전했다.

주크도 자리에서 일어났다. 백부장인 그도 자리를 오래 비울 수 없었다. 주크가 투구를 쓰며 그의 등을 쳤다.

"흑마법사들을 맨몸으로 상대해 이만큼이나 시간을 끌다니, 정말 잘 했다. 하나 더 이상 나서지 마라. 이제부터는 네가 할 수 있는 영역이 아니니까."

발렌이 마법을 쓰는 모습을 아무도 보지 못했기 때문에 발렌이 어떻게든 맨몸으로 저항하며 시간을 끌었다고 생각하는 모양이다. 그 말을 남기고 주크도 자신들의 부하들에게 합류해 참전했다.

그 자리에 가만히 앉아 있던 발렌이 전투에 임하고 있는 자들을 보며 생각했다.

'도망치라고?'

발렌은 도망칠 수 없었다. 아베트에게 복수를 하는 것만이 목적이었지만, 이제 그는 한 가지 문제가 남았기 때문이었다.

리치를 처단해야 하기 때문이다. 분명 이 임무는 자신이 해야 하는 일이기에 내려진 것이리라 추측했다.

도망쳐서는 리치를 어떻게 못한다. 타인이 이 일을 처리할 수 있으면 이런 임무가 내려지지 않았을 것이다.

"캬아아!"

리치가 된 아베트는 이지를 완전히 상실한 듯 보였다. 오직 파괴욕 밖에 남지 않은 듯 공동묘지 일대에 마법을 계속해서 뿌려 댔다.

"버텨라! 녀석은 이지를 상실해 마나를 전혀 계산하지 않고 있다!"

소리친 것은 테아블이었다. 마법사답게 그는 마법 병단 전원에게 방어 마법을 펼치라 명하며 병사들을 보호하고 있었다.

리치의 마법을 막아 내는 동시에, 언데드들이 몰려오는 것도 처리해야 하니 죽을 맛이었다. 쉴드로 버틸 수 있는 시간은 무한하지 않다. 거기다 벌써부터 쉴드에 균열이 일어나고 있었다.

"벨레트 경은 이곳에서 병사들을 지휘하십시오."

"따르겠습니다!"

"기병들은 나를 따르라!"

레딘이 병사들의 지휘권을 기사에게 일시적으로 넘기더니 기병들을 이끌고 어딘가로 사라졌다.

"방패를 쉴드 앞에 세워 공격에 대비하라!"

벨레트는 일사불란하게 병사들을 지휘하고, 그의 명령에 따라 병사들과 기사들이 빠르게 움직이기 시작했다.

쉴드에 바짝 방패를 붙이고 그 뒤에 진형을 짠 병사들이 준비했다. 그리고 마법사들의 쉴드가 깨지기 무섭게 언데드들이 병사들을 향해 몰아치기 시작했다. 마법사들이 쉴드가 깨진 후에 안전하게 후방으로 빠졌다.

병사들은 방패병들의 뒤를 붙잡아 끌려가는 것을 방지하며 창으로 언데드들을 찌르고 후려치기 시작했다. 그러나 언데드들의 힘이 어찌나 센지, 끌려가는 이들이 속출하기 시작했다. 진형이 무너지지 않게 병사들이 다시 빈 공간을 메우며 버텨 나갔다.

콰앙! 쾅!

진형 가운데에 리치의 마법이 날아들었다. 병사 몇몇이 녀석의 마법에 맞고 날아갔다. 테아블이 명령을 변경했다.

"마법사들은 화력을 리치에게 집중하라!"

녀석의 신경을 오로지 마법사들에게 집중시키려는 것이었다. 그것이 유효했던 모양인지, 마법으로 병사들을 공격하던 리치의 공격 대상이 마법사로 향했다. 테아블도 녀석을 배제하기 위해 화력을 보탰다.

리치는 마법사들이, 스켈레톤 워리어와 좀비는 병사들이 맡아 싸우자 전투도 원활히 진행되어 갔다. 벨레트는 자신의 목소리에 마나를 실어 소리쳤다.

"전군에게 알린다! 1열, 2열 산개!"

공동묘지 전체에 울려 퍼지는 그의 명령을 듣고 방패병들이 동시에 산개했다. 병사들을 몰아붙이고 있던 언데드들이 일제히 앞으로 넘어지기 시작했다.

"1열, 2열 헤쳐 모여!"

그리고 다시 모여 진형을 이루는 병사들. 2열 뒷 열에 있던 병사들이 넘어진 언데드들을 하나씩 처리해 나갔다.

제대로 된 지휘 체계를 내릴 수 없는 리치 덕분에 쉽게 막을 수 있을 것이라고 모두가 자신했다. 게다가 숫자도 이쪽이 훨씬 많았다.

쉬이이이잉—!

후방 쪽에서 바람소리와 비슷한 소리가 크게 울리고 불화살이 하늘로 날아갔다. 그리고 말발굽 소리와 땅이 진동하기 시작했다. 후방으로 우회한 레딘이 기병들과 함께 돌격해 오는 소리였다.

"돌격하라!"

레딘의 목소리가 울려 퍼지며 기병들의 함성 소리가 지척에 울려 퍼졌다. 약 25명으로 이루어진 기병들이 언데드들의 후방에서 돌진해 왔다.

쾅쾅!

말과 충돌한 언데드들이 사방팔방 날아오르며 그나마 짜고 있던 진형마저 무너진다. 일사불란하고 순식간에 이루어진 공격.

책으로만 보던 전투를 눈앞에서 확인한 발렌은 전율이 일어났다. 언데드들이 순식간에 풍화되어 사라져 가고, 눈에 띌 정도로 숫자가 줄어들었다.

"캬아아아!"

숫자가 줄어드는 언데드들을 보며 리치가 반응한다. 마

법사들에게 향한 녀석의 시선이 레딘에게로 향했다.

녀석의 손에 머무는 검은 불길. 그것을 레딘에게로 날리려고 한다는 걸 파악한 발렌이 자리에서 벌떡 일어났다.

"위험해요!"

그의 목소리는 전투 소리에 묻혀 전달되지 않았다. 그는 급한 대로 벨트에 끼워져 있던 섬광액을 던졌다.

언데드들에게 빛이 터지는 게 효과가 있었던 것이 생각나 반사적으로 나온 행동이었다.

플라스크 병이 리치에게로 날아갔다. 녀석은 자신에게 날아드는 플라스크 병을 보고 들고 있던 지팡이로 쳐 냈다.

날아드는 도중에 깨진 플라스크 병. 아무런 반응도 하지 않고, 섬광액이 녀석의 얼굴을 뒤덮어 버렸다.

'하필 불발이야!'

불발일 줄은 상상도 못했다. 빛을 터트려 위험을 알리려고 했는데, 불발이라는 생각지도 못한 결과가 나타났다.

속으로 망했다, 라는 생각을 한 것도 잠시. 발렌의 눈이 동그랗게 떠졌다. 방금 전까지 틈이 전혀 보이지 않던 리치가 반응했기 때문이다.

"캬아아아아!"

"이건……?"

섬광액을 뒤집어쓴 녀석은 고통스러운 듯 비명을 질렀

다. 다시 전열을 정비해 언데드들에게 돌진하려던 기병들의 시선이 리치에게로 향했다.

이 반응을 보고 이바나가 뒤를 바라보았다. 그곳에는 뭔가를 날린 자세 그대로 정지한 발렌이 서 있었다. 이바나가 그제야 생각났다는 듯 소리쳤다.

"발렌, 섬광액에는 성수가 일부 포함되어 있어!"

"그걸 이제 말하시면 어떻게 해요!"

"완전히 희석되지 않았으리라고는 상상도 못했지!"

언데드는 성수에 매우 약하다. 리치도 언데드인 이상 성수를 맞으면 버틸 재간이 없을 것이다. 발렌은 이바나가 자신에게 넘겨준 마지막으로 남아 있는 섬광액을 리치에게 다시금 던졌다. 포물선을 그리며 날아가는 플라스크 병.

성수를 한 번 뒤집어쓴 리치는 그가 던지는 플라스크 병이 날아오는 도중에 마법으로 요격했다. 유리로 만들어진 플라스크 병은 쉽게 깨져 산산조각이 났다.

이번에는 다행이게도 불발이 아니었다. 마법과 부딪치기 무섭게 꽝음과 함께 짧고 강하게 엄청난 빛을 토해 냈다. 그리고 언데드들의 울음소리가 공동묘지에 울려 퍼졌다.

"빛도 유효한 것인가!"

언데드들은 섬광액의 빛만으로도 고통스러워했다. 리치에게 주는 영향도 있었다. 녀석의 한 손에 머물고 있던 마법이 그 빛과 함께 사라졌기 때문이다.

설마 빛에도 성수의 성분이 있어 영향을 주는 것인가란 생각이 들었다. 오히려 액을 뒤집어쓰게 하는 것보다 빛으로 다수를 무력화시키는 것이 더 좋은 방법일 것 같았다.

"병단장님. 방금 그 빛은 무엇입니까?"

전열을 정비하기 위해 뒤로 빠져 다시 이곳에 온 레딘이 테아블에게 물었다. 테아블이 무슨 수를 쓴 것이라 생각한 것이다.

"아니, 저건 내가 한 일이 아니라네."

테아블의 시선이 발렌으로 향했다. 레딘의 시선도 그를 따라 이동했다. 그곳에는 마법사도 아니고, 병사도 아니며 용병과도 거리가 멀어 보이는 청년이 서 있었다. 그가 이 일을 돕고 있다는 것에 감사를 하며 말을 그쪽으로 몰았다.

"그대의 이름이 무엇인가?"

"발렌시아라고 합니다."

"발렌시아? 황녀님을 여러 차례 구해 준 이가 바로 자네였군."

그러더니 말에서 내려 가슴에 주먹을 가져가며 제국 기사의 경례를 취했다.

"난 남바른 공작가의 차남 레딘 폰 남바른이라고 한다. 남바른 공작가에 존재하는 위협을 제보하고, 이를 막기 위해 뛰어든 자네에게 감사를 표한다."

설마 명실상부 바올라 제국 최고의 귀족이 자신에게 경례를 할 줄 몰랐기에 발렌의 눈이 커질 수밖에 없었다.

"그대의 협력에 감사를 표하며 용감무쌍한 그대의 행동에 경애를 표한다."

그렇게 말하고 다시 말에 올라타는 레딘. 무뚝뚝해 보이는 그 얼굴에서 자상함이 묻어 나오는 것 같았다.

"방금 그 빛이 터지는 것은 무엇인가? 리치에게 유용한 바, 그대의 물품에 도움을 받고 싶다."

"아, 그건 이바나 씨께서 만든 실험품입니다."

"그런가?"

레딘의 시선이 이바나에게로 향했다. 갑자기 시선이 자신에게로 주목되니 부담스러워진 이바나는 자신도 모르게 한 걸음 뒤로 물러났다.

"뭐야, 갑자기?"

"이바나. 네 도움이 필요하다. 그 실험품을 적극 사용할 수 있도록 협조 부탁한다."

"남들이 무시하던 내 실험품이 이제야 빛을 발하게 됐군!"

이바나는 자신이 만든 실험품이 이렇게 유효하게 쓰이게 될 줄은 상상도 못했기에 목소리가 평소보다 몇 배나 더 격

앙된 상태였다.

그녀는 몸 곳곳에 숨겨 두었던 실험품들을 꺼내, 그중 섬
광액들만 골랐다. 숨겨둘 수 있을 만큼만 가지고 온 터라
가지고 온 섬광액은 몇 개 되지 않았다. 숫자는 고작 세 개.

"······양이 적네."

고작 세 개로 어떻게 하지 못할 것 같았다. 자신의 실험
품을 이용해 공을 세울 기회가 생겼는데, 마음껏 사용하지
못하는 것이 내심 아쉬운 모양이었다.

"아니, 이 정도면 충분해."

레딘은 자신 있게 말하며 그녀의 손에 들린 섬광액 중 하
나를 가져갔다.

"이건 내가 쓰도록 하지. 혹여 리치가 돌진하는 우리를
공격하려거든 두 개로 방해해라. 내가 들고 있는 것은 중요
한 순간에 쓰기로 하지. 난 녀석에게 돌진해 일격을 먹이기
로 하마. 이럇!"

그리고 말을 타고 다시 이동하는 레딘과 기병들. 그리고
어째서인지 그녀는 불안하다는 듯 자신의 손에 들린 섬광
액을 바라보았다.

"나보고 그런 중요한 일을······."

중압감에 시달려 불안한 모양이었다. 자신이 어떻게 하
느냐에 따라 달라질 수 있는 일. 어깨가 무거워질 수밖에

없었다.

실패하면 고스란히 자신의 책임이 될 테니까. 이런 일을 많이 겪어 보지 않은 것도 있었지만, 부담감 있는 일을 하기 꺼려하는 사람이 바로 이바나였다. 그녀의 모습을 보고 테아블은 한숨을 내쉬며 발렌에게 물었다.

"자네. 아까 보니 정확히 잘 던지는 것 같던데. 혹 투척에 자신 있나?"

테아블의 물음에 발렌은 고개를 끄덕였다.

"어렸을 적 돌멩이를 던지고 노는 놀이를 많이 해서 던지는 건 자신 있습니다."

귀족가에서 태어난 자들은 해 본 적이 없을 지도 모르지만, 이 마을에서는 평범하게 어린아이들이 하고 노는 놀이이다.

나뭇가지나 물건을 세워 두고 그것을 맞춰 넘어뜨리는 놀이다. 그 놀이를 잘하는 축에 속했던 발렌.

잡는 방법이 비교적 쉬운 플라스크 병을 던지는 것쯤이야 식은 죽 먹기였다.

"다행이군. 이바나. 그에게 그것을 넘겨라."

그제야 활짝 웃는 그녀. 표정을 보니 안도하는 것 같았다. 발렌은 그녀에게서 섬광액이 든 플라스크 두 병을 건네받았다.

쉬이이이잉—!

다시금 요란한 소리가 들려오며 말발굽 소리가 다가오기 시작했다.

빠르게 우회한 레딘이 다시금 후방에서 돌진해오고 있는 소리다. 그 소리를 듣고 리치도 반응했다. 제아무리 이성을 잃었어도 두 번 같은 수에 당하지는 않는지 소리에 즉각 반응하며 하늘을 향해 손을 뻗었다.

"아직 던지지 마라. 마법 병단이여, 리치에게 화력을 집중해 시간을 벌어라!"

마법사들이 다시금 리치에게 화력을 집중했다. 폭발과 낙뢰가 리치에게 떨어진다. 그러나 리치는 쉴드를 사용해 자신의 몸을 보호하며 마법에 집중했다.

"더블 캐스팅?"

동시에 두 가지 종류의 마법을 쓸 수 있는 방법. 어지간한 마법사들도 하기 힘든 것이 바로 더블 캐스팅이다.

한 가지 마법에 온전히 집중하기도 힘든데, 두 가지를 동시에 하는 것은 천재라도 쉽게 할 수 있는 것이 아니기 때문이다.

리치가 더블 캐스팅을 쓸 수 있다는 말은 들어 본 적이 없었다. 애초에 기본적으로 알려진 언데드에 대한 서적은 완전히 정확한 것은 아니다.

누군가가 직접 보고 쓴 것이 아니라 소문으로 떠도는 말 중 신빙성 있는 것들이나 사로잡은 흑마법사를 심문해서 알아낸 내용으로 제작한 책들이다.

많이 알려진 개체도 있지만, 리치는 아직도 연구가 진행 중인 영역이다. 더블 캐스팅을 쓸 수 있다고 해도 이상할 건 없다.

"던져!"

테아블의 외침에 발렌이 즉각 섬광액을 리치에게 던졌다.

"라이트닝 버스트!"

테아블은 녀석의 쉴드를 깨뜨리기 위해 강력한 마법을 떨어뜨렸다. 수많은 낙뢰가 녀석의 쉴드에 부딪치며 굉음이 울려 퍼졌다.

어느 정도 거리가 있음에도 그 소리에 귀가 멍멍해질 지경이었다. 테아블의 강력한 공격 마법 덕분에 녀석의 쉴드가 깨지고, 플라스크 병이 녀석의 발치에 떨어지며 빛을 토해 낸다.

파아아앗!

"캬아아악!"

녀석이 다시금 고통스러운 소리와 함께 손에 있던 마기가 사라졌다. 동시에 남아 있던 언데드들도 비명을 지르며 풍화되었다. 이제 남은 것은 리치 하나뿐! 녀석이 열 받은 것처럼 붉은 안광에 빛이 더해졌다. 그리고 녀석의 주위로 마기가 퍼졌다.

심상치 않은 기운. 그리고 녀석의 주위로 수많은 화염구가 나타났다. 그 광경을 보고 테아블의 두 눈이 동그래졌다.

"언제 저렇게 많은 수의 마법을……!"

그러나 놀라고 있을 틈이 없었다. 테아블과 벨레트가 급히 소리쳤다.

"마법 병단, 전방위 방어 마법을 펼쳐라!"

"방패를 들어 올려라!"

그 명령이 떨어지는 것과 함께 수많은 마법 세례가 퍼부어진다.

대다수는 막아 낼 수 있었지만, 수많은 마법이 내리치는 까닭에 쉴드가 도중에 깨져 버렸다. 쉴드가 깨져 병사들이 그 마법에 고스란히 당할 수밖에 없었다.

"으으, 어지러워."

마법사들이 어지럼증을 호소하거나 기절하는 상황이 발생했다. 방금 전 녀석의 공격을 막겠다고 다수의 인원을 보호할 수 있는 그레이트 쉴드를 펼쳤기 때문이다.

그 덕분에 겨우 공격은 막을 수 있었지만, 마나를 대부분

써야했다.

"마나가 거의 고갈 상태로군."

테아블도 상황이 좋지 않다고 생각했는지 인상을 찌푸렸다. 자신도 마나를 꽤 많이 썼는데 부하들이라고 오죽할까.

'그러나 아직 리치는 마나가 남아 있다.'

방금 전 녀석도 다수의 마나를 사용한 것은 사실이다. 그러나 녀석의 마나는 인간들보다 아직 많이 남아 있었다.

"명예로운 남바른 공작가의 전사들이여, 리치를 향해 돌진하라!"

"우와아아!"

레딘의 목소리와 기병의 함성이 울린다. 그리고 그의 검에는 푸른 기운이 감돌고 있었다. 대륙 최연소 오러 나이트의 경지에 오른 레딘.

리치의 시선이 다시금 기병들에게로 향했다. 휘황찬란한 오러가 레딘의 검에 날카롭게 씌워진 것이다.

리치는 지금 당장의 위협을 마법사가 아닌 레딘으로 느낀 듯 시선을 기병들에게 고정시킨 채 마나를 끌어 올렸다.

"던져!"

또다시 명령이 떨어짐과 함께 발렌이 섬광액을 던졌다. 그러나 리치도 당하고만 있지 않았다. 이번에도 마법으로 날아오는 섬광액을 도중에 파괴시켰다.

섬광액이 결국 녀석의 인근에 닿지도 못한 채 터져 버렸다. 전보다 멀리서 터져 섬광액의 빛이 크게 영향을 주지 못했는지 녀석의 손에 들린 마법은 그대로다.

'안 돼! 거리가 너무 멀어!'

테아블은 레딘이 가지고 있는 섬광액 하나만으로 어떻게 해결하지 못할 것이라고 판단했다.

어떻게든 시간을 끌어야 하는데 그의 마나도 거의 고갈 상태다. 돕고 싶어도 어떻게 못한다!

레딘도 이를 목격했는지 들고 있던 섬광액을 녀석에게 던지려던 찰나였다. 리치의 손에서 작은 검은색 기운이 말에게 쏘아졌다.

퍽! 하는 소리와 함께 말이 앞으로 넘어질 듯 비틀거렸다. 갑자기 크게 요동치는 바람에 레딘의 손에서 섬광액이 뒤로 떨어지고, 빛이 터져 나왔다. 말들이 그 빛에 놀라 멈춰 섰다.

'이런!'

어지간해서는 놀라지 않는 훈련된 말들. 그러나 당한 적 없는 강력한 빛에 눈이 멀어 쉽게 진정되지 않았다.

자신의 말도 쉽게 진정이 되지 않을 것을 알고 레딘이 말에서 뛰어내려 리치를 향해 달려간다. 녀석의 손에 머물러 있는 검은 아지랑이. 두려운 흑마법이지만, 레딘은 자신의 두려움을 숨기고, 억누르기 위해 함성을 지르며 녀석에게 달려들었다.

캐스팅을 거의 끝마친 마법사에게 달려드는 건 자살행위나 다름이 없었다. 그러나 레딘은 멈추지 않았다.

'난 자랑스럽고, 명예로운 기사다!'

기사는 적을 눈앞에 두고 도망치지 않는다. 기사는 주군과 명예, 레이디를 위해 죽는다. 이게 어리석은 행위라는건 안다. 하지만 몸이 먼저 반응하고 있었다.

그는 죽음을 받아들이기로 하고 명예롭게 싸우기 위해 눈앞에 있는 적을 향해 달려드는 와중이었다. 반대편에서 자신처럼 리치를 향해 달려오는 이를 발견했다.

방금 전 그 청년. 발렌이었다. 발렌이 쏜살같이 앞으로 튀어나갔다. 누구도 발렌이 튀어나갈 것이라고 생각하지 못해서 말릴 틈도 없었다. 다들 언제 튀어나갔는지 몰라 놀란 얼굴로 그를 바라보았다.

"발렌, 가지 마!"

엘리즈가 발렌에게 소리쳤다. 변변찮은 무기 하나 없는 그가 리치에게 달려드는 건 어리석은 행위이다. 리치는 다른 한 손을 발렌에게 손을 뻗었다. 녀석의 손에 전류가 머물며 그에게 쏘아졌다.

콰앙!

빛이 터져 나오며 굉음이 울리고 흙먼지가 주위에 날렸다. 다들 그 광경을 보고 발렌의 죽음을 예감했다. 그러나 흙먼지를 뚫고 발렌이 튀어나왔다.

아무런 상처도 입지 않은 발렌. 그리고 그의 주위로 떠돌고 있는 빛덩이들을 보고 엘리즈와 이바나의 눈이 동그랗게 떠졌다.

"저건······."

"마나잖아!"

이제 고작 마법을 배우기 시작한 그의 주위로 마나가 머물렀다. 형태를 갖춘 모습은 마법을 사용하기 직전의 모습이었다. 그것도 매지션급 마법이 아닌 위저드급의 마법을!

'전력으로 간다!'

마나 엔진이 맹렬히 회전하기 시작했다. 지금까지 전혀 느껴 본 적 없는 어마어마한 속도로 회전하는 마나 엔진.

그의 머리 색과 눈 색이 붉은색을 띠기 시작했다. 순간적으로 강한 일격을 가할 생각이다.

그의 주변의 마나가 더욱 강대해지고, 붉은빛이 그의 시선을 따라 이동했다.

그의 입이 그 어떤 때보다 빠르게 움직이고, 강대한 마력이 폭발적으로 일어난다. 그가 손을 뻗었다.

"파이어 버스트!"

그의 손에서 화염이 토해지며 리치를 집어삼켰다.

"크억!"

파이어 버스트는 자신의 거의 모든 마나를 써야 사용할 수 있는 마법이었다.

발렌은 어지간한 공격으로는 리치를 막을 수 없다고 판단해 파이어 버스트를 사용한 것이다. 그리고 그의 생각은 정확했다.

갑자기 몰아친 거대한 화염으로 녀석의 마법을 도중에 방해해 놓았다.

"캬아아아!"

녀석의 마법을 훼방시켜 놓는 것까지는 성공했다. 녀석이 괴성을 지르며 이에 응수한다.

방금 전 그 공격으로 발렌의 마나도 거의 고갈 상태에 빠졌다. 붉은빛을 띠던 머리와 눈동자가 다시 원래색으로 변했다.

발렌은 씩 웃었다. 녀석은 방금 전 공격으로 먼저 공격해 오던 레딘에게서 시선을 떼버린 것이다.

멀리 떨어져 있던 레딘은 무투기를 사용해 순식간에 리치에게 다가왔다. 순식간에 가속하여 적의 심장을 도릴 수 있는 무투기. 그리고 리치를 검의 사정거리 안에 놓게 된 레딘.

그의 검이 리치의 등을 크게 베고 지나갔다. 녀석이 심대한 타격을 입고 쓰러지며 천천히 풍화되어가기 시작했다.

"이, 이겼다……."

풍화되어 가는 모습을 보고 발렌이 다리에 힘이 풀린 듯 자리에 털썩 주저앉았다.

주저앉은 것은 발렌만이 아니었다. 방금 리치를 베어 버린 레딘도 마찬가지였다. 담담해 보였지만 실전은 처음이었다. 그는 자신의 손을 바라보며 깊은 한숨을 내쉬었다.

'난 실전에서는 앞뒤 안 가리는 놈이었구나.'

대련을 할 때 기사단장에게 냉정하게 대처하고 심리전을 잘한다는 평가를 들었던 레딘. 그러나 실전에서는 대련과 다르며 임기응변에 능해야 한다는 말을 많이 들었다.

그 말의 의미를 이제야 알 것 같았다. 머리를 아무리 차갑게 식힌다 하더라도 계획대로 안 되면 무모하게 돌진하는 사람이 있기 마련이라고. 그것이 설마 자신일 줄은 전혀 몰랐다.

'아직 나는 수련이 부족하다는 말이겠지.'

자신의 부족한 점을 확실히 깨닫고, 몰랐던 것을 알게 된 좋은 계기였던 것 같았다.

"발렌……? 이게 어떻게 된 거야?"

엘리즈가 놀란 얼굴로 다가왔다. 아니, 그녀뿐만 아니라 이바나도 마찬가지였다.

이제 고작 마나를 느낀 자가 어떻게 벌써 위저드급 마법을 부릴 수 있다는 말인가. 도저히 납득이 되지 않는 일이었기에 그녀들의 머리가 복잡해졌다. 그러나 발렌은 이를 위해 미리 생각해 둔 게 있었다.

"일회용 아티팩트를 썼어."

"……뭐?"

"아티팩트. 고물상에서 팔던 반지가 있는데, 아티팩트더라고. 은은하게 마나가 퍼지는 걸 보고 아티팩트란 걸 깨닫고 즉시 사 버렸지."

아티팩트인 줄 모르고 일반 상인이 값싸게 아티팩트를 파는 일은 있지만, 그래도 흔한 일은 아니다. 그러나 그의 말을 믿을 수밖에 없었다.

그러지 않고서야 그가 위저드급 마법을 사용했다는 것을 설명할 길이 없으니까.

"그걸 믿고 무모하게 돌진한 거였구나."

"하하, 내가 생각해도 무모하긴 했지."

사실 자신의 마법을 믿었기에 가능했던 일이지만, 이를 완전히 숨길 필요가 있었다. 언젠가 분명 들킬 날이 오겠지만, 지금은 말해도 믿지 않을 것이다.

"후우, 싸울 때는 어두웠는데 말이야. 이제 여명이 밝아

오고 있네."

발렌은 어느새 해가 밝아 오려는 하늘을 바라보며 지친 듯 혼잣말처럼 중얼거렸다. 정말 길고 길었던 전투였고, 설마 이렇게까지 되리라고는 상상도 못했다.

그래도 이긴 게 중요했다. 발렌의 얼굴에는 미소마저 피어오르고 있었다. 그때 발렌의 눈에 이바나가 풍화되어 가는 리치를 바라보고 있는 것이 들어왔다. 그녀가 입맛을 다셨다.

"아쉽네. 연구를 좀 해 보고 싶은데."

"……그건 다른 사람들에게 맡기는 게 좋지 않을까요?"

저런 흉측한 언데드를 연구하고 싶다니. 물론 나쁜 의도가 아니고 단순히 지적 호기심일 뿐일 것이다. 마법사들 중에 독특한 사람들이 많다고 하지만 이바나는 특히나 더 그런 것 같았다.

"그래도 최대한 봐 둬야지."

발렌이 어색하게 하하 웃었다. 그녀의 탐구심은 막기 힘들어 보였다.

확실히 이때가 아니면 언제 리치를 보겠는가. 녀석이 사라지기 전에 마음대로 관찰하게 놔두는 것도 좋겠다고 생각하던 발렌. 문득 리치의 손가락이 꿈틀 움직인 것 같았다.

'음?'

자신이 헛것을 본 건가 싶었지만, 녀석의 손에서 작게 검은 아지랑이가 보이고 있었다. 뭔가 이상하다.

반면 이바나는 리치의 모습에 정신이 팔려 이를 모르고 있었다. 다들 이겼다는 사실에 긴장감이 풀려 눈치채지 못한 것 같았다.

발렌이 자리에서 일어서며 만일에 대비해 이바나를 리치에게서 떼어 내려고 다가가던 와중이었다.

"캬아아아!"

침묵하고 있던 녀석이 다시금 일어나 소리치며 이바나를 향해 돌진해 온다.

녀석의 손에 피어오른 검은 아지랑이. 분명 심상찮은 기운이었다. 그러나 돌발적인 상황에 모두가 화들짝 놀라 반응을 하지 못한 상황. 이 징조를 미리 눈치챈 발렌이 가장 빨리 반응했다.

"이바나 씨!"

발렌이 그녀의 이름을 부르짖으며 곧장 그녀를 향해 뛰쳐나갔다. 발렌이 재빨리 그녀를 세게 밀쳤다. 그녀가 발렌의 밀치는 힘에 의해 옆으로 날아가며 넘어졌다.

이바나는 아픔도 잊고, 두 눈을 동그랗게 뜨고 리치에게 공격당한 발렌을 목격했다.

리치의 손이 발렌의 가슴을 힘껏 때렸다. 살가죽이 완전히 뼈에 붙은 빈약한 몸인데, 굉장한 힘이었다.

발렌이 멀찍이 날아가며 데굴데굴 굴렀다. 동시에 리치도 힘을 다한 듯 대지에 쓰러지더니 곧 먼지가 되어 사라졌다.

"발렌!"

이바나가 그를 향해 달려갔다. 엘리즈도 그를 향해 뛰쳐나갔다. 크게 다치지 않았을까 걱정하는 마음이 앞섰다. 그녀들이 발렌을 자리에서 천천히 일으켜 세웠다. 그가 비틀비틀 거리고는 있었지만, 그래도 어떻게든 설 수 있었다. 크게 다친 것 같지는 않다고 생각하며 엘리즈는 안도의 한숨을 내쉬었지만, 이바나는 고마움과 미안함을 동시에 느끼고 있었다.

"발렌. 괜찮아?"

이바나가 걱정스러운 눈으로 발렌에게 물었다. 그러나 발렌은 어떤 말도 하지 않았다. 아니, 할 수 없었다.

"헉! 허억!"

"발렌?"

그의 상태가 말이 아니라는 것을 확인한 이바나. 발렌의 몸에서 땀이 줄줄 흘러나왔다.

마치 불 속에 갇힌 것처럼 숨 쉬기가 힘들어졌다. 곧이어 형용할 수 없는 메스꺼움과 빈혈이 일어났다. 그리고 마지막으로 마치 몸이 쥐어 짜이는 듯한 고통이 뒤늦게 찾아왔다.

"끄아악!"

"발렌!"

발렌의 주위로 마기가 순식간에 퍼져 나가기 시작했다. 리치는 마지막 힘을 다해 저주 마법을 시전한 것이다.

이바나를 대신해 엄청난 마기를 뒤집어썼다. 그가 고통스러운 듯 소리를 지르며 바닥에 나뒹굴었다. 엘리즈와 이바나가 즉시 그를 살피려고 손을 뻗자, 테아블이 그녀들의 손목을 잡으며 끌어당겼다.

"만지지 마십시오, 황녀님! 리치가 저주를 걸었습니다."

"뭐, 뭐라고요?"

"리치는 자신의 존재를 유지하기 위해 산 자에게 자신을 옮기는 마법을 구사합니다. 리치가 그의 몸을 빼앗아 다시 재기하려고 하고 있습니다."

그 말은 곧 발렌이 곧 리치가 된다는 소리이다. 그녀들의 눈동자가 지진이 일어난 듯 쉴 새 없이 떨리기 시작했다.

"아아……!"

"황녀님!"

엘리즈는 충격을 먹은 듯 뒤로 쓰러지고, 레딘이 재빨리 그녀를 붙잡았다. 그녀는 큰 충격에 의식을 잃었다.

"아니야. 아니야. 절대 그럴 리가 없어."

이바나는 도저히 믿을 수 없는 얘기를 듣고 현실을 부정했다. 다른 이도 아니고 발렌이 리치가 된다고?

이바나의 얼굴이 파랗게 질렸다. 자신을 구하려다가 리치가 된다니. 강인한 마음을 가진 그녀의 눈에서 눈물이 왈칵 쏟아져 내렸다.

슥—

테아블이 품에 지니고 있던 검을 꺼냈다. 그가 가지고 있는 검은 바로 은제 단검이었다. 그는 마법사이기도 하지만, 알테미아 교에서 세례를 받은 독실한 신자이며, 많은 기부금을 통해 은제 단검을 받았다. 은제 단검은 언데드에게 치명적인 일격을 가할 수 있다. 이제 막 리치가 되려고 하는 그의 몸에 미리 박아 두면 리치가 되기 전에 인간의 모습으로 죽을 수 있을 것이다.

'내가 네게 해 줄 수 있는 최대한의 예의다.'

리치의 저주를 받은 이상 살 수 있는 방법은 없다. 이곳에 비숍급 프리스트가 있다면 모를까, 이곳에는 사제조차 없다. 결국 할 수 있는 방법이라고는 인간다운 모습으로 죽게 해 주는 것이었다. 전형적인 귀족인 그가 평민을 위해 이렇게 해 주는 것도 정말 드문 일이다.

은제 단검을 그의 심장에 박아 고통 없이 보내 주려고 천천히 발렌에게 다가가는 테아블. 그때 그의 앞으로 이바나가 뛰쳐나가며 길을 막아섰다.

"이바나. 뭐하는 것이냐?"

"……."

"당장 비켜라."

그녀가 고개를 저었다.

"죽게 놔둘 수 없어요."

"이바나 디 엘로이. 병단장의 명령이다. 당장 비켜라."

"안 돼요."

"지금 항명하는 것이냐? 아무리 세인브리트 마탑주님의 손녀라도 지금은 내 직속 부하인 이상 항명은 즉결 처분임을 모르나! 당장 비켜라!"

즉결 처분이라는 말을 듣고 어깨가 움찔한 이바나. 그러나 그녀는 입술을 꽉 깨물며 자리에 버티고 비키지 않았다. 테아블은 이를 부득 갈았다. 즉결 처분이라고 했지만 그래도 마탑주의 손녀다. 함부로 벌할 수 없는 노릇이다.

"그녀를 끌어내라."

테아블의 명령에 마법사들이 다가와 그녀의 팔을 붙잡았다.

"아, 안 돼!"

이바나가 저항을 했지만 소용없는 짓이었다. 마법 병단이 그녀를 끌고 가고, 길이 다시 열렸다.

테아블이 이바나에게 눈도 마주치지 않고 발렌에게 다가갔다. 지독한 마기가 그의 몸에 돌고 있다.

'비록 평민이지만, 용감히 싸운 너에게 경애를 표한다.'

은제 단검으로 그의 심장을 찌르려던 그의 팔이 우뚝 멈춰 섰다. 누군가가 그의 팔목을 잡은 것이다.

"또…… 레딘 공자? 자네는 또 무슨 짓을 하고 있는 겐가?"

갑자기 그가 막아서니 병단장의 인상이 와락 찌푸려질 수밖에 없었다.

이바나는 그와 친분이 있어 보이는 것 같아 그럴 수 있다고 보지만, 레딘은 자신을 말릴 이유가 없기 때문이다. 설령 친분이 있다고 해도 마찬가지다. 눈앞에 위기가 닥칠 것이 버젓이 보이는데, 판단을 못할 만큼 레딘이 어리석은 사람도 아니다.

"잠깐 자세히 보십시오."

그의 주위에 떠돌던 마기에 이상한 기류가 나타나기 시작했기 때문이다. 이윽고 그가 믿을 수 없다는 표정으로 이를 멍하니 바라보았다.

"마기가……?"

점점 옅어지고 있었다. 그의 몸을 장악하고도 남을 거대한 기운이 아무것도 못 하고 사라지고 있었다. 어지간한 프리스트가 오더라도 하지 못할 광경에 그가 놀랄 수밖에 없었다. 곧 마기를 뒤집어썼던 발렌의 입에서 기침이 나왔다.

"콜록! 콜록! 이제…… 괜찮아요……."

마치 방금 전까지의 일이 마치 거짓말이었다는 것처럼 발렌의 몸을 뒤집고 있던 마기가 사라졌다.

발렌은 아직 고통이 가시지 않은 듯 숨을 크게 몰아쉬면서도 지친 눈으로 그를 바라보고 있었다.

"어째…… 서……?"

테아블의 눈이 화등잔만큼 커졌다. 분명 지금 당장 어떻게 할 수 없을 강력한 저주를 받았을 텐데, 스스로 이를 치유하다니. 말도 안 되는 일이었다.

"발렌!"

이바나가 자신을 붙잡고 있던 마법사들을 뿌리치고 발렌에게 달려 나갔다. 그를 붙잡고 안색을 살피는 이바나. 발렌이 거친 숨을 몰아쉬며 점점 의식이 멀어져 가는 것을 느끼고 있었다. 그는 자신의 손에 들린 완드를 바라보았다. 완드에서 희미하게 빛이 새어 나오며 그의 저주를 빨아들이고 있는 것을 마지막으로 목격하고 의식을 잃고 말았다.

　　　　　*　　　*　　　*

　아올란 마을에 나타난 흑마법사들의 사건이 끝나고 일주일. 발렌은 리치에게 걸린 저주의 영향으로 약 사흘 간 요양과 함께 감시를 받아야 했다. 마기가 사라졌다고는 해도 그 저주가 남아 있을 수 있다는 테아블의 말에 따른 조치였다.

　"후우, 달콤한 휴가에 이게 무슨 고생이었는지……."

　발렌은 한숨을 몰아쉬며 고개를 내저었다. 그는 흑마법사의 사건 이후로 사흘 간 마을 인근에 있는 병영에서 거의 갇혀 지냈기 때문이다.

　식사를 할 때도, 뒷간에 갈 때도, 샤워를 할 때도 반드시 감시자가 붙어 다녔다.

　심지어 자고 있을 때도 불침번들이 한 시간에 한 번 꼴로 와서 그를 살펴보고 다시 나가는 일도 있었다.

　다행히 수도에 있는 알테미아 교단의 비숍급 프리스트들이 오전 일찍 도착해서 그에게 남아 있는 저주가 있는지 확인하자 염려는 사라졌다.

　발렌에게서는 마기나 저주의 흔적을 전혀 느낄 수 없다는 것을 확인한 후에야 감시에서 벗어날 수 있었다.

　발렌은 오늘 오전까지 병영에 있기로 하고 오후에 다시

집에 가기로 했다.

주크가 힘을 써준 덕분에 피신한 가족들에게 그의 소식을 전했다. 발렌은 안전하며, 다른 곳으로 임시로 대피시켰다가 임시로 병영에서 지내고 있다는 말을 가족들에게 전해 주었다고 한다.

이것은 발렌이 말하지 않고 주크가 말해 둔 것이다. 따로 피신할 수밖에 없던 그의 가족들이 걱정할 것을 생각해 말을 지어 준 것이다.

'문제는 시간이 지나고 내가 한 일에 대한 소문이 퍼지는 것인데…….'

자신이 나섰다는 소문이 퍼지지 않도록 조치해 달라고 주크에게 부탁했지만, 소문이라는 게 막는다고 막아지는 것이겠는가.

그가 흑마법사와 대치하고, 리치의 저주에 걸릴 뻔한 것을 목격한 이가 천 명이나 된다. 대부분 자신을 모르는 이들이지만, 이 마을의 순찰병들은 그의 얼굴과 이름을 알고 있다.

당연히 그들이 은연중 말하다가 퍼지게 될 것이다. 소문이 그렇게 무서운 것이다.

"그나저나……."

발렌은 탁자 위에 올려진 완드를 바라보았다. 리치의 저주에 걸린 그가 보나바르가 준 완드 덕분에 저주에 걸리지 않고 이렇게 멀쩡히 걸어 다닐 수 있었다. 그리고 마지막으로 보았던 그 장면은 아직도 잊히지 않는다.

'분명 저주를 흡수했었지?'

어쩌면 보나바르가 남긴 완드는 자신이 생각하는 그 이상의 물건일지 모르겠다. 지금까지 알아낸 것은 리셋을 반복해도 항상 그를 따라다닌다는 것과 마나를 효율적으로 사용할 수 있게 만들어 준다는 것. 그리고 강력한 저주를 흡수한다는 것이다.

역사상 최고의 마법사가 남긴 것인 만큼 당연히 보통의 것은 아닐 것이라고 생각했지만 리치의 저주까지 흡수할 줄은 예상치 못했다.

이를 예상한 것인지, 아니면 리셋 마법을 사용할 자를 위해 강력한 저주에도 저항할 수단을 만들어 놓은 것인지.

보나바르에 대한 문헌을 조사하고 싶었지만, 그의 문헌은 어디에 있는 지 알 수 없다. 세간에 떠도는 것들은 그중 일부만 포함되어 있을 뿐.

역사적 가치가 있는 것과 기밀에 부치고 있는 문헌은 어딘가에 보관되어 있을 것이다. 황실이든 마탑이든 발렌이 절대 볼 수 없는 곳에 있을 것이다.

'난 죽었다 깨어나도 찾을 수 없을 테니 깔끔히 포기하

는 수밖에.'

아쉽지만 별수 있나. 발렌은 입맛을 다시면서 아쉬움을 억지로 달래야 했다.

'어쩌면 이게 전부일 수도 있지만, 아닐지도 모르지.'

자세한 것은 이제 알아 가야 할 것이다.

똑똑!

한창 생각에 잠겨 있던 발렌의 귀에 노크 소리가 닿았다.

노크 소리와 함께 여인의 목소리가 들려왔다.

"발렌, 안에 있니?"

"응, 들어와."

엘리즈의 목소리였다. 그의 승낙에 엘리즈가 방 안으로 들어왔다. 그리고 그녀의 뒤에는 이바나도 함께 있었다. 엘리즈가 발렌에게 물었다.

"멀쩡해 보이니 다행이야."

"소식은 들었지? 내게서 저주를 찾아볼 수 없다고."

엘리즈가 작게 고개를 주억였다. 프리스트들이 발렌의 상태를 확인한 후, 엘리즈와 이바나는 그의 상태를 가장 먼저 물었었다.

"이비도 걱정을 많이 했어. 네가 잘못되면 어쩌나 조마조마해하고 있었으니까."

"리즈!"

이바나가 황급히 엘리즈의 입을 막았으나 이미 늦었다. 발렌은 그 말을 듣고 이바나에게 시선을 돌렸다.

"이바나 씨."

"……왜?"

"제 걱정 많이 하셨어요?"

"걱정하기는 뭘 걱정했다고. 리즈의 착각이야. 애초에 그 일이 있고 이튿날 아주 멀쩡히 돌아다니더니만. 그런데 넌 왜 그렇게 무식하게 나서고 그래? 마법도 못 쓰고, 비실비실한 녀석이."

고개를 획 돌리며 시선을 피하는 이바나. 마법을 못 쓴다는 말을 정정해 주고 싶었지만, 발렌은 구태여 말하지 않았다.

그저 미소를 지을 뿐이다. 그녀가 사실대로 말하지는 않았지만 행동 하나하나가 그를 걱정하는 게 묻어나왔기 때문이다.

말하지 않아도 행동에서 여실히 드러나니 작게 미소가 그려졌다. 그가 입을 가리고 쿡쿡 웃었다. 이를 본 이바나가 그를 날카롭게 노려보았다.

"왜 웃어?"

"아뇨, 아무것도 아니에요."

이바나가 얼굴이 붉어지며 시선을 회피했다. 이렇게 보

니 이바나도 참 귀엽구나 싶었다.

보이는 행동과 달리 말은 솔직하지 못한 게 단점이기는 하지만, 싫은 느낌은 아니다.

충분히 그녀의 본심을 알 수 있었으니까. 이바나의 반응을 보고서 발렌이 다시금 엘리즈에게 시선을 향한다.

"리즈. 그리고 보니 몬스터 준동이 일어날 조짐이 확실시 되었다고 하지 않았어?"

이곳에 있으면서 몬스터 준동의 조짐이 포착되어 선제공격을 시작했다는 소식을 들었다. 그리고 마법 병단은 몬스터 소탕을 위해 투입되어야 하는 임무가 있었다.

하지만 어째서인지 그들은 몬스터의 숲으로 향하지 않고 아올란 마을에 계속 남아 있었다.

"이 마을에 흑마법사들이 나타나 소동을 피웠다는 것을 아바마마께서 알게 되셨거든. 후속 조치를 도우라며 마법 병단은 남아 있기로 했어."

"그럼 몬스터 소탕에 투입될 마법사 인원은?"

"몬스터 준동은 순조롭게 소탕 중이래. 그리고 생각보다 준동에 가담한 몬스터의 수가 많지 않은데다 레딘 공자와 둘째 오라버니가 힘을 합쳐서 벌써 우두머리를 잡았다는 모양인데?"

몬스터 준동에는 반드시 그 우두머리가 있다. 우두머리

를 잡게 되면 몬스터들은 지휘관을 잃은 것처럼 우왕좌왕하게 되고, 오합지졸이 되어 버린다.

서로를 잡아먹는 몬스터들이 위기 상황에서 어떻게 다른 종족을 우두머리로 인정하고 연합하는지는 여전히 연구 대상이다. 우두머리를 잡았으니 나머지를 처치하는 건 그렇게 어려운 일은 아닐 것이다.

"그래? 그러고 보니 레딘 도련님은 무위가 얼마나 돼?"

레딘의 무력이 얼마나 되는지 자세히는 모르지만, 리치를 단 일검으로 치명상을 입힐 정도면 엄청난 실력자일 것이라고 판단했다.

아루스가 오우거를 잡는 모습을 직접 보았기에 얼마나 강한지 잘 안다.

"둘째 오라버니와 동급. 혹은 약간 떨어지는 정도?"

"윽…… 엄청 강한 사람이었구나."

아루스와 동급이라고 말할 수 있을 정도라면 그다지 많은 차이를 보이지 않는다는 소리일 것이다.

'내 주변에는 왜 천재들만 모일까?'

엘리즈는 마법의 천재, 레딘은 검의 천재. 이바나는……엉뚱하지만 발명의 천재라고 쳐 두자.

'부럽네. 재능 있는 사람들은.'

분명 노력도 만만찮게 했겠지만, 재능이 뒷받침되어 주

지 않으면 아무리 노력해도 한계가 존재하는 법.

발렌이 이를 가장 잘 알고 있었다. 발렌은 재능은 뛰어나지 않지만 노력으로 이를 극복했다. 남들은 몇 년이면 할 것을 그는 십 년 이상 걸릴 정도다.

다행히 마나 엔진을 익히고 오랫동안 리셋을 반복하다 보니 전보다 마나 게이트가 열리고 마나 회로의 부피가 커졌지만, 그래도 둔재 중의 둔재라는 사실은 변하지 않는다. 20여 년 동안 훈련한 결과가 위저드급이니 말이다.

전부 타고나는 것들인데 부러워해 봤자 뭐하겠는가. 발렌은 한숨을 내쉬며 생각하지 말자고 고개를 젓다가 뜻하지 않게 궁금한 게 떠올랐다.

"그럼 첫째 황자 전하는? 둘째 황자 전하와 함께 오신다고 들었는데?"

엘리즈가 씁쓸하게 웃었다.

"아쉽게도 첫째 오라버니는 이번에 큰 공을 세우지 못한 것 같아."

"그렇구나."

어중간한 재능을 타고난 가벨. 특별히 어떠한 영역에 재능이 뛰어난 것이 아닌, 딱 중간인 가벨은 이번에 큰 활약을 못 한 것이라고 생각했다.

발렌은 단순히 궁금해서 물어본 것이지만 엘리즈는 속으

로 한숨을 내쉬었다. 발렌에게 말하지 않았지만, 가벨은 몬스터 소탕을 시작한 첫날에 몬스터들을 과소평가하고 무작정 병력들을 돌격시키다가 고블린들이 파 둔 함정과 매복에 걸려 병사 800명 중 300여 명을 잃는 실책을 범했다.

＊　　＊　　＊

"빌어먹을."

몬스터의 숲 내부. 몬스터 준동을 막기 위해 몬스터의 숲에 돌입한 병력의 야영지 지휘관소는 엉망진창이었다.

가벨이 들고 온 짐들이 천막 내부에 여기저기 아무렇게나 땅에 나뒹굴고 있었고, 몇몇의 물품은 심하게 망가져 있었다.

그는 모든 물건을 망가뜨려서도 진정이 되지 않는지 씩씩거렸다. 그 뒤에 서 있는 시종들은 그를 말리지 못한 채두려움에 떨며 이를 지켜볼 뿐이었다.

"아루스에게 또다시 공적이 넘어가 버렸어. 그에 비해난……."

몬스터의 숲에 돌입하고서 병력을 300여 명이나 잃었다. 그가 지휘하던 병사들의 수는 800명 정도.

몬스터 준동을 막고자 돌입하고 얼마 되지 않아 절반 이상의 피해가 나왔다. 아루스의 병력은 오크와 싸우고도 쉰 명도 되지 않은 부상자만 있었을 뿐이다.

한데 가벨은 고작 고블린 따위에게 절반 가까이 잃었다. 이는 분명 황위 계승권에 크게 영향을 끼칠 일이었다.

자신의 실책에 화가 난 가벨이 화풀이 할 곳이라고는 고작 물건을 망가뜨리는 것뿐이었다.

"마법 병단. 마법 병단만 있다면 괜찮아."

남바른 공작가의 병사들은 아루스를, 그리고 마법 병단은 자신과 합류하기로 했다.

마법 병단만 있다면 압도적인 화력으로 몬스터 잔당들을 소탕할 수 있을 것이다.

"아바마마께서는 날 신임하고 계신다. 조금이라도 실책을 면해야 돼."

지금의 실책을 덮기에는 많이 부족하겠지만, 그래도 몬스터 잔당이라도 소탕하는 데 크게 일조하는 것이 조금이라도 실책을 면하는 길이었다.

그만큼 가벨이 손을 많이 필요로 한다는 뜻도 되었지만, 그는 그것을 황제가 자신을 신임하고 있기에 맡긴 거라 오해하고 있었다.

그로 인해 황성으로 돌아갔을 때 황제가 크게 실망하고 분노할 것이라는 걸 알기에 돌아가기가 두려워졌다.

"황자 전하. 안에 계십니까?"

천막 밖에서 누군가가 그를 찾았다. 이번 몬스터 준동에서 가벨의 옆을 호위하던 근위 기사 중 한 명이다. 가벨은 애써 화를 죽이듯 숨을 들이마시며 힘겹게 입을 열었다.

"들어와."

그리고 곧 막사 안으로 근위 기사 몇 명이 들어왔다. 그 중 대장격인 렌돌은 막사 내부가 엉망이 되고, 시종들이 두려운 눈으로 눈치를 보고 있는 것을 보고 무슨 일이 있었는지 짐작했다.

가벨의 곁을 지키는 시종들에게는 늘 있는 일이다. 렌돌은 마음고생이 많은 시종들에게 동정을 느끼며 입을 열었다.

"긴히 드릴 말씀이 있습니다."

"그래. 너희들은 나가 봐라."

가벨이 얼른 나가란 듯이 팔을 휘젓자 시종들이 부리나케 막사 밖으로 뛰쳐나갔다. 시종들이 나가고, 그가 화가 어느 정도 진정이 되고서 물었다.

"무슨 일이야."

"이번에 몬스터 준동에 참전하기로 했던 마법 병단이 다시 세인브리트로 돌아갔다는 소식입니다."

"……뭐?"

가벨은 자신이 잘못 들은 것인가 하여 렌돌을 뚫어져라 바라보았다.

"마법 병단이 세인브리트로 돌아갔습니다."

"어째서? 이곳으로 오기로 했던 마법 병단이 왜! 남바른 공작가의 병력은 아루스에게 갔으면서 왜!"

가벨은 전혀 납득하지 못하겠다는 듯 이유를 알고 싶어 했다.

그가 분노한 모습을 보고 자신들에게도 불똥이 튀겠구나 생각하며 렌돌이 침을 꼴깍 삼키며 대답했다.

"흑마법사에 의해 마법 병단도 어느 정도 피해를 입었고, 황제 폐하께서 진상을 직접 듣기 위해 불렀다 합니다."

"이런 빌어먹을!"

애써 진정이 됐던 화가 다시금 도졌다.

포악하고 불같은 성격의 가벨은 일이 자신의 뜻대로 되지 않는다는 것에 또다시 분노하고 말았다. 계획이 계속 틀어지니 분노를 참지 못했다.

그는 허리춤에 있는 검을 뽑아 여기저기 휘둘렀다. 이미 망가진 물건들을 어떤 물건이었는지조차 짐작하기 힘들 정도로 더욱 망가뜨리고 있었다.

한참을 그렇게 하고서 어느 정도 진정이 되었는지, 그가 이를 아득 물었다.

'반드시 아루스를 뛰어넘어 황위에 올라서고 말 테다.'

그리고 다시 한 번 다짐하듯 주먹을 움켜쥐었다.

'기필코!'

＊　　＊　　＊

흑마법사의 사건이 해결되고, 피신했던 사람들이 다시 마을로 되돌아오기 시작한다. 발렌은 다시 활기를 찾은 마을을 둘러보며 집으로 돌아왔다.

"발렌, 왔니?"

"오빠다!"

집에 도착하니 메튜와 레이나가 그를 맞이해 주었다. 드디어 지옥과 같은 날의 다음을 맞이할 수 있었다는 것과 스켈레톤 워리어에게 죽임을 당하던 그들이 무사하다는 것을 확인하고 발렌이 미소를 지으며 고개를 주억였다.

"네, 아버지. 그런데 어머니는요? 오늘 잡화점 쉬는 날 아닌가요?"

"어제 갑자기 피신을 가라고 해서 정리를 하지 못하고 나왔다고 잠깐 잡화점에 가서 정리하고 온다고 했다."

가족 전원 무사하구나. 다행이라고 발렌은 속으로 안도하며 의자를 끌어다 앉았다.

"병영에서 별 문제는 없었고?"

"네. 다들 잘해 주셨고 하나라도 더 챙겨 주시려고 하더라고요."

"그거 다행이구나. 시간이 날 때 주크에게 고맙다고 인사하러 가야겠어."

공동묘지에 있던 이야기는 아직 소문이 퍼지지 않은 듯 그는 전혀 모르는 표정이었다. 하기야 자신이 공동묘지에서 흑마법사와 대적하고, 리치의 저주에 걸렸었다는 것을 알면 이렇게 대하지는 못했을 것이다.

"그나저나 참 위험할 뻔했다. 듣자 하니 흑마법사들이 공동묘지에서 언데드들을 소환해서 마을을 공격하려고 했다는 말이 퍼졌더구나. 듣자 하니 그 흑마법사들이 자신들을 제물로 바쳐 리치를 소환해 냈다지? 정말 큰일 날 뻔했어."

"저도 그 얘기를 들었어요."

사실 자신이 그것을 알린 사람이라는 것을 알게 되면 어떻게 될지. 쉽게 상상이 되지 않았다. 평범한 이들에게 언데드는 존재 자체만으로도 공포의 대상이다. 그리고 언데드 중 마법을 사용할 수 있는 리치는 모든 이가 벌벌 떠는 개체였다. 언데드 자체만으로도 공포인데, 마법까지 사용하는 건 공포를 뛰어넘는 것이었다.

메튜는 용병 시절 흑마법사들을 본 적이 있고, 그들과 싸우면서 언데드를 본 적이 있다고 한다.

이 사실은 리셋을 반복하다 물어봤을 때 알게 된 사실이었다. 언데드와 싸울 때 메튜는 발렌에게 스켈레톤 워리어와 좀비들의 특성을 상세히 알려 주었다.

책으로 많이 알려져 있는 사실이기는 하지만, 글자를 모르는 메튜는 책을 읽고 싶어도 읽을 수 없었다.

그래도 옆에서 보고 배운 게 있어서 간단한 문자 정도는 읽을 수 있지만 적극적으로 배우려고 하지 않았다.

나무꾼에 목수. 그가 하는 일에 글이 딱히 필요치 않았기 때문이다. 애초에 책에도 그렇게 자세히 기술되어 있는 것은 전문 서적을 제외하고 많지 않았다.

직접 겪어 보고 싸워 본 경험이 책에서 배울 수 없던 지식을 채워 준 것이었다.

'그러고 보니 내게 공을 치하하도록 조치하겠다고 했는데⋯⋯.'

레딘은 발렌의 행동을 보고 조셋 마을로 향하기 전, 자신의 아버지, 즉 남바른 공작에게 알려 공을 치하할 수 있도록 힘써 주겠다고 말했었다.

발렌은 그럴 필요가 없다고 했지만, 레딘은 발렌이 한 것은 베테랑 병사들에게서도 나올 수 없는 용맹한 행동이며 그 공은 인정받아 마땅하다며 그를 설득했다.

그가 한 일은 평범한 사람이 하기 힘든 행동들이며 그 어려운 일을 가능하게 했다는 것은 대단하다는 말로도 부족할 일이기 때문이다. 게다가 발렌이 마법을 배우고 있지만 기사들보다 용감한 행동을 하여 더욱 감명을 받은 듯했다.

그래도 레딘도 막무가내로 밀어붙이는 것은 아닌 듯, 그가 공을 받기 꺼려하자 개인적으로 가능한 한도에서 소원을 들어주겠다고 직접 말했다.

구체적인 것도 아니고 소원이라니. 높은 가문일수록 함부로 말을 하지 않는다.

그런 그가 가능한 한도에서라지만 소원이라고 언급할 정도면 어지간히도 그의 행동들을 마음에 들어 하는 것 같았다. 자신의 이름을 걸고 공을 치하해 주고 싶다고 할 정도니 말이다.

'그런 거라면 언젠가 요긴하게 쓰이겠지.'

그가 잊어버리지 않는 한 분명 도움이 될 것이다. 제국에서 제일가는 귀족 가문 중 하나인 남바른 공작가다. 그가 한 말이 진심이라면 언젠가 큰 도움이 될 것이다.

"그러고 보니 식사했니?"

잠시 딴생각에 빠져 있던 그에게 메튜가 물어 왔다. 때마침 레이나의 배에서 꼬르륵 소리가 들려왔다. 그 모습을 보고 발렌과 메튜가 하하 웃었다.

"집에서 먹고 싶어서 안 하고 나왔어요."

"다행이구나. 조금만 기다리렴. 네 어머니가 와서 바로 요리를 해 줄 테니."

"엄청 기대되네요."

사건이 하나 해결되고 맞이하는 오붓한 가족끼리의 식사. 발렌은 다시 되찾은 일상을 만끽하며 행복한 미소를 지었다.

'아, 정말 행복하다!'

길고 길었던 사건이다. 발렌에게 달콤한 휴가는 이제부터 시작이었다. 아직 그에게는 2주간의 달콤한 휴가가 남아 있었다.

*　　　*　　　*

어느덧 시간이 지나 휴가가 끝났다. 발렌은 다시 짐을 들고 마차를 타기 위해 산을 오를 준비를 끝냈다.

"3주란 시간이 참 금방 가는구나. 꽤 오랫동안 있기는 했지만, 다시 간다니 아쉬운 걸?"

시이나가 마차로 이동하는 동안 먹을 것을 싸 주고, 미리 사 둔 새 옷들을 챙겨 주었다. 레이나와 메튜도 그를 배웅해 주려고 나와 있었다.

"세인브리트까지 잘 가고, 끼니는 거르지 말고, 책은 자중해서 봐야 한다."

"네, 어머니."

다른 어머니들이 하는 얘기와 다를 것 없었다. 아들이 잘 지내고 있다고 하더라도 어떻게 생활하는지 볼 수 없기에 걱정할 수밖에 없었다.

"발렌. 돌아가면 운동도 좀 하렴. 체력이 있어야 정신력도 길러지는 법이니까. 아비를 보거라. 나이가 들어도 운동을 하니 정정하잖니."

메튜는 자랑하기라도 하듯 알통을 보여 주었다. 그 모습에 발렌이 고개를 주억였다.

"예, 아버지."

"오빠, 휴가 자주 와! 그리고 다음에도 맛있는 거 잔뜩 사 줘!"

레이나는 초롱초롱한 얼굴로 발렌을 올려다보며 기대한다는 듯 눈빛을 보내왔다. 발렌이 그녀의 머리를 쓰다듬었다.

"그래. 어머니, 아버지 말씀 잘 듣고 울지 않고 씩씩하게 지내면 다음에 올 때는 선물 한 보따리 사가지고 올게."

"와아~!"

레이나가 펄쩍펄쩍 뛰며 기뻐한다. 그 모습을 보고 발렌의 입가에 미소가 그려졌다.

"이제 가 봐야 하지 않니? 마차 시간 늦겠다."

주기적으로 마차가 오는 시간이 있다. 지금 가지 않으면 수도까지 가는 마차를 놓칠 수도 있었다.

"어머니."

발렌이 시이나를 불렀다. 시이나와 눈이 마주쳤다. 발렌이 입을 열다가 다시 꾹 다물었다. 한동안 그가 말을 하지 않자 그녀가 되물었다.

"왜 그러니?"

"감사해요."

"무엇이 말이니?"

"그냥요."

시이나가 갑자기 감사하다고 말한 의중을 모르겠다는 듯 고개를 갸웃거렸다. 발렌은 그저 미소를 지은 채 아무 말도 하지 않았다. 발렌에게 있어 시이나는 든든한 어머니였다.

믿지 못할 얘기를 믿어 주고, 자신에게 마이셀 가문의 비전을 알려 준 사람이다. 어머니이자 스승님이나 다름이 없었다.

지금의 그녀는 전혀 모르는 일이지만 말이다. 자신들의 어머니가 되고 행복한 가정을 이루어 포기했다고 말했지만, 발렌은 그녀가 가문에 대한 얘기를 했을 때 은연중에 띠던 그리움과 맺힌 한을 느낄 수 있었다.

'만약 자신에 버금가는 명예를 얻을 수 있을 것이라는 보나바르의 말이 사실이라면……'

마이셀 가문을 다시 부흥시켜 어머니의 한을 풀어드릴 기회가 있지 않을까.

발렌은 그날이 오기를 기다려 달라고 속으로 말하며 마차를 타기 위해 바센트 산맥을 오르기 시작했다.

Chapter 05
엘리즈의 생일

<연회에 반드시 준비할 품목>

연회 개최자: 부드러운 빵, 와인, 신선한 과일, 신선한 고기, 악단 등등.

연회 초청자: 연회 주인공을 위한 선물.

—『귀족들의 연회에 대하여』中 발췌—

*　　*　　*

그렇게 다사다난 했던 휴가가 끝나고 세인브리트 마탑에 다시 돌아온 발렌은 그 이튿날 불행히도 바로 마탑 대청소를 하게 되었다.

양동이에 물을 가득 담아 대걸레를 적시고 바닥을 청소하고, 책장 구석구석 쌓인 먼지를 제거해 나가는 발렌과 제이프.

"이거 정말 적응이 안 되네요."

세인브리트 마탑에 온 건 정말 오랜만이다. 시기는 고작 3주밖에 지나지 않았지만, 발렌은 20여 년이라는 세월을 계속해서 반복했다.

오랜만인 수준이 아니라 거의 잊혀진 기억을 차근차근 떠올려야 할 정도다. 그래도 다행인 것은 도서관에서 해야 할 일을 잊지 않았다는 것뿐이다.

제이프는 그의 말을 휴가가 길어서 그런 것이라 생각했다. 확실히 거의 한 달이라는 휴가를 갔으니 오랜만이라는 말도 틀린 말은 아니었다.

"그래도 푹 쉬었다는 게 어디냐. 오늘 점심은 소피 아주머니의 감자 요리라는 것만 기대하면 될 거다."

"으윽!"

안 좋은 기억이 떠올랐다.

생각해 보니 소피 아주머니의 감자 요리는 매우 최악이었다는 것이.

"그리고 보니 대청소 날이나 그 이튿날은 대부분 소피

아주머니의 감자 요리가 나오는 것 같은데. 이거 우연 맞죠?"

"짜인 식단대로 나오는 건데 우연이겠지. 우연치고 늘 시기가 적절하니 참 기가 막힌 일이지만."

이번에 감자 요리로 어떤 시도를 하실까 생각하니 머리가 복잡해지는 기분이다.

몰래 쪄 놓은 감자를 훔쳐서 그걸로 식사를 대신할까, 아니면 밖에 나가서 식사를 할까. 진지하게 고민했다.

"소피 아주머니는 다른 건 맛있게 하시는데 왜 감자 요리만 유독 새로운 것으로 개발하려고 하시는 걸까요."

"내가 알겠냐. 악의가 전혀 없는 미소로 감자 요리를 만드는 걸 보면 말리지도 못하겠다고 주방에서 일하는 요리사들이 말하더구나."

"이번에는 정상적인 것을 만들어 주셨으면 하는 바람이네요."

그래도 한 번쯤 제대로 된 감자 요리를 만들지 않을까 내심 기대하는 발렌. 제이프가 고개를 도리도리 저었다.

"휴가를 갔다 오더니 아직 적응을 못 한 모양이로구나. 포기하는 게 좋을 거다. 방금 들어 보니까 감자 요리를 할 수 있다는 것에 아주 들떴다고 하더구나."

"……."

혹시나 하는 실낱같은 희망은 사라졌다. 발렌이 오늘 점심 식사는 외식을 하자고 속으로 다짐하던 그때, 도서관 출입구의 경첩이 시끄럽게 울렸다.

제이프와 발렌가 청소를 하다 말고 시선을 출입구 쪽으로 향했다. 그곳에는 도서관 문을 활짝 연 엘리즈가 서 있었다.

"발렌, 안에 있니?"

"리즈, 무슨…… 일이야? 웬일로 황녀님처럼 드레스를 입고 있어?"

그녀가 드레스를 입고 있는 것은 세인브리트 마탑에 온 이후로 한 번도 못 봤다.

세인브리트 마탑에 들어왔을 때부터 그녀는 항상 세인브리트 마법사의 옷차림을 했기 때문이다. 갑자기 드레스를 입고 있으니 의아했다.

"황녀님처럼이 아니라 황녀야. 어쨌든 중요한 건 그게 아니야. 내일이 내 생일이야!"

"그래?"

자신의 입으로 내일이 생일이라고 하다니. 어렸을 때 생일이라고 생일 선물 달라고 노골적으로 말하던 친구 녀석이 생각이 났다. 하지만 그녀는 그런 의도로 말한 것 같아 보이지 않았다.

"오늘부터 사흘 간 황성에 있을 거야. 아바마마께서 연회를 열어 주신다고 하셨거든."

"그렇구나."

그것 때문에 드레스를 입은 것이구나. 발렌은 이해했다는 듯 고개를 주억였다. 그리고 뒤늦게 생일을 축하한다고 말하려고 하는데, 엘리즈가 불쑥 그에게 뭔가를 내밀었다. 그녀가 건넨 것은 편지 봉투였다.

"이게 뭐야?"

"연회 초대장."

"이걸 왜 나한테 줘?"

발렌의 시선이 초대장에 꽂혔다. 이걸 주는 연유를 전혀 모르겠다.

"너도 초대하려고."

"……날?"

발렌은 재차 묻듯 자신을 손가락으로 가리켰다. 엘리즈는 맞다며 고개를 끄덕였다.

"왜?"

"왜긴 왜야. 그만한 자격이 있으니까 초대하는 거지."

그만한 자격이라고 한다면…… 엘리즈의 벗이기 때문에? 아니, 그것만으로는 충분하지 않을 것이다. 가장 가능성 있는 초대 명분이라고 한다면 그녀를 구한 공으로 초대하는 것이 아닐까 추측할 뿐이다.

*   *   *

엘리즈는 생일을 맞이하여 그녀를 데리러 온 시종들과 함께 오랜만에 다시 황성으로 돌아갔다.

발렌은 그녀가 황성으로 갈 때 배웅해 주다가 자신의 할 일을 했다.

마탑 지하 연무장.

그가 연무장에 앉아 탑주에게 심사를 받았다. 휴가 동안 읽으라며 준 기초 마법학에 대한 시험을 치르는데, 만점을 받았다.

시험은 전부 주관식. 조금이라도 틀리면 봐주는 것 없는 탑주마저 놀라게 만들 만큼 완벽한 답안이었다.

"확실히 휴가를 가서도 지식을 쌓는 것을 게을리 하지 않은 듯하구나."

탑주는 만족스럽다는 듯 웃으며 그가 기초 마법학의 이론을 완벽히 이해했다는 것을 인정했다. 열심히 공부했다는 것이 성적으로 나오니 누구도 부정할 수 없는 것이다.

"그런데 어제는 오지 않았더구나."

"……죄송합니다."

"혼내려는 것이 아니다. 어차피 왔다고 해도 휴가 기간 이 남았으니 하루는 쉬고 오라고 할 생각이었다. 다만 그래 도 스승에게 와서 도착했다고 말하지 않으니 좀 섭섭하더 구나."

정식 제자는 아니라고 하더라도 스승된 도리를 다하는 탑주. 꾸중한다기보다는 나중에 이런 비슷한 일이 있을 때 는 이렇게 하는 것이라고 알려 주는 것 같은 뉘앙스였다. 발렌이 다시 한 번 죄송하다고 말했다.

"도서관장에게 얘기는 들었다. 이틀 동안 마차를 타고 왔으면서 도착하자마자 바로 일을 했다면서?"

어제 정오가 조금 넘어서 도착해 일을 하는 도중 곯아떨 어진 발렌. 그 때문에 발렌은 어제 이곳에 오지 못하고 하 루 종일 자기만 했다.

제이프도 그렇지만, 탑주도 이에 뭐라고 하지 않았다. 마 차를 타는 것도 피로가 쌓이는 일이고 사실상 내일까지가 휴가이니 너그러이 이해해 준 것이다.

"일단 오늘까지는 좀 쉬고 내일부터 다시 수련을 시작하 자꾸나."

"예."

"잠시 따라오거라."

탑주가 앞장서며 어딘가로 그를 데리고 갔다. 발렌은 그의 뒤를 따르며 이동하고, 곧 마탑 가장 꼭대기 층인 탑주의 집무실에 올 수 있었다.

탑주의 집무실에는 처음 들어오는 발렌. 집무실 안은 생각보다 깔끔하게 정돈되어 있었다.

지금까지 본 적 없는 서적도 꽤 많이 있었다. 마법과 관련된 서적과 마탑을 운영하는 데 필요한, 경영에 관련된 책도 잘 분류되어 책꽂이에 꽂혀 있었다.

탑주는 자신의 비서에게 다과를 갔다 달라고 하고서 발코니로 그를 안내해 주었다.

저 멀리 성곽까지 보이는 전망에 발렌이 감탄할 수밖에 없었다.

중앙 광장 분수대에서 연인들끼리 다정하게 손을 잡고 이동하는 모습, 아이들이 뛰어다니는 모습, 상인들이 물건을 팔고 있는 모습, 마차들이 쉴 새 없이 도로를 오가는 모습 등등.

일상에서 흔히 볼 수 있는 광경인데, 이렇게 한눈에 바라보니 느낌이 확실히 달랐다.

"가끔 마음이 심란할 때 이렇게 세인브리트를 내려다보고는 하지. 특히 밤에만 볼 수 있는 도로의 모습과 하늘에 떠 있는 별들이 어우러진 광경도 장관이지."

세인브리트 곳곳에는 라이트 스톤을 매단 가로등이 설치

되어 있어 밤에도 도로는 밝다. 가장 부유하고 강대한 나라답게 그 비싼 라이트 스톤을 잔뜩 수도에 설치했다.

제아무리 강대한 국가라도 수도의 도로에 라이트 스톤으로 빛을 밝히려면 막대한 예산이 들 수밖에 없었다.

라이트 스톤으로 밤을 밝히고 있는 국가는 단 세 곳.

아이벤 대륙의 명실상부 최강국인 바올라 제국, 바올라 제국과 군사력으로 절대 뒤지지 않는 메이어 신성 제국, 30년 밖에 되지 않은 신생 국가이지만 풍부한 광물로 하여금 부유한 국가가 된 북부 지역의 세디아 왕국이 전부다.

그러나 천 년이라는 유구한 역사를 자랑하는 만큼 그 아름다움은 감히 다른 나라와 견줄 수 없다.

다른 국가에서도 사신들이 와서 이 광경을 보고 따라하려고 했지만, 라이트 스톤의 가격은 감히 무시하지 못한다.

하고 싶어도 못하는 경우가 부지기수이다. 그 때문에 타국에서 소문을 듣고 세인브리트의 야경을 보려고 많은 돈을 내고 찾아오는 귀족도 있을 정도다. 그렇게 눈을 떼지 못하고 있는 와중에 탑주의 목소리가 닿았다.

"일단 자리에 앉거라."

"예, 탑주님."

발렌은 탑주가 가리킨 맞은편에 착석했다. 착석하고 얼마 지나지 않아 비서가 다과를 두고 밖으로 나갔다.

찻잔에 담긴 홍차에서 모락모락 김이 나고 있다. 탑주가 그에게 차를 권했다. 발렌은 감사히 마시겠다고 정중히 대답하며 차를 마셨다.

향도 진하고, 맛도 좋았다. 꽤 비싼 홍차 잎을 쓴 것 같았다.

"……."

"……."

탑주는 말없이 차를 음미하고, 발렌은 그런 탑주를 흘깃 바라보면서 눈치를 보았다. 갑자기 이곳으로 데리고 온 것이 궁금했다. 침묵이 계속되니 어색함이 감돌았다.

그렇게 조용히 시간이 지나 차를 다 마실 때쯤, 탑주가 드디어 긴 침묵을 깼다.

"고맙다."

"예?"

대뜸 고맙다고 하니 발렌이 어리둥절한 표정으로 탑주를 바라볼 수밖에 없었다.

탑주는 푸근한 미소로 대답했다.

"내 손녀를 구해 준 것 말이다. 리치에게서 구해 주었다지?"

그 소식을 이미 들은 모양이었다. 하기야 모를 수 없는 일일 것이다. 다른 누구도 아닌 흑마법사가 리치를 소환한 일이고, 손녀인 이바나가 죽을 뻔한 사건이었으니까.

"정말 고맙다."

탑주가 그의 손을 잡고 위아래로 흔들었다. 발렌은 탑주의 진심을 느낄 수 있었다.

때로는 근엄하지만 사석에서는 푸근한 미소를 짓는 탑주.

가끔 말썽을 부리고, 말도 안 듣고 자기 고집대로 하는 이바나. 아주 가끔은 미울 때도 있지만 그래도 탑주에게는 하나밖에 없는 손녀였다. 그런 그녀를 몸을 던져 가며 구해 주다니.

탑주이기 전 할아버지 된 입장으로 그가 해 준 일은 고맙다는 표현으로도 부족할 정도였다.

"내 손녀가 사실대로 말하고 있지는 않지만 속으로 굉장히 고마워하고 있을 게다. 솔직하지 못해서 말하지 못할 뿐이니 네가 이해해 주려무나."

"알고 있는 사실입니다."

이미 다 아는 사실이다. 이바나가 말로는 아니라고 하더라도 표정과 행동에서 그것이 다 보이는 사람이다.

"엘리즈의 독살을 막고, 오우거에게서 벗어나려고 몸을 던진 것도 모자라, 흑마법사와 리치에게 달려들다니. 악재가 계속해서 겹치는 것도 신기할 따름이구나."

자신이 생각해도 참 많은 일을 해냈구나 싶었다. 자신과 평생 연이 없을 것 같았던 일들이 연달아 몇 번이나 일어났다.

시기상으로 근 세 달 사이에 일어난 큰 사건들이었다. 이렇게 각종 사건 사고에 휘말리기도 힘들 것이다.

"우연히 구한 아티팩트가 없었으면 리치를 잡는 것도 힘들었을 거예요."

"아티팩트?"

탑주가 그 얘기는 금시초문이라는 듯이 눈을 끔뻑거렸다. 발렌은 엘리즈와 이바나에게 미리 했던 거짓말을 그에게도 했다.

"우연히 들른 고물상에서 아티팩트인지 모르고 헐값에 팔고 있더군요. 덕분에 흑마법사를 상대로 시간을 벌 수 있었습니다. 게다가 마지막 남은 한 번은 리치의 공격을 막는 것에 쓸 수 있었습니다."

모두에게 먹힌 거짓말. 탑주도 확인할 방법이 없으니 자신의 말을 믿을 것이라 생각했다. 그러나 발렌의 예상과 다르게 탑주는 불편한 시선으로 말했다.

"거짓말을 하고 있구나. 무슨 연유로 그러는 것이냐?"

"……예?"

탑주가 수염은 가지런히 쓸어내리며 찻잔을 내려놓았다.

찻잔에 반 정도 남은 홍차에 물결이 일어났다. 탑주가 지그시 발렌을 바라보았다.

발렌은 탑주의 시선을 피하지 않고 당당히 그를 바라보았다. 시선을 피하고 싶지만 그 행동으로 자신의 속마음을 들킬 것 같았다.

한동안 그를 가만히 바라보던 탑주가 허허 웃으며 수염을 쓸어내렸다.

"마나를 쌓다 보면 자연스럽게 느꼈을 게다. 모든 오감이 넓어져 사람들의 감정에 따라 미세하게 변하는 표정도 발견할 수 있다는 것을."

기초 마법학에도 나와 있는 사실이지만, 발렌 자신도 리셋을 반복하고 서클을 만들면서 느꼈던 것이기도 했다.

평소 볼 수 없었던 사람들의 미세한 표정 변화가 보인다는 것을. 탑주는 발렌의 얼굴에 일어난 미세한 변화를 보고 거짓말임을 파악한 것이다.

"오늘 처음 널 봤을 때 내가 무슨 생각을 한 줄 아느냐?"

"잘 모르겠습니다."

"눈의 깊이가 달라졌다고 느꼈다. 3주 만에 몇 십 년 더 산 사람처럼 말이지."

몇 십 년 더 산 사람 같다는 말에 살짝 찔끔한 발렌이지만 최대한 아무렇지 않은 척했다. 그러나 이를 놓칠 리 없는 탑주가 물었다.

"방금 내가 한 말에 뭔가 찔리는 게 있었느냐?"

"눈의 깊이가 달라졌다. 이바나 씨와 같은 말을 하셔서 그렇습니다."

그 말은 이바나도 했었던 것이다. 눈이 깊어졌다고. 이바나는 발렌의 농담에 그냥 기분 탓이라 생각하며 넘어갔지만, 탑주는 농담을 한다 하더라도 넘어가지 않을 것이다.

그는 명실상부 바올라 제국 최고의 수석 마법사. 작은 변화마저 파악하는 안목이 있는 그가 고작 농담 하나에 그냥 넘어갈 정도면 이 자리에 있지도 못했을 것이다.

빼도 박도 못할 상황. 발렌은 이 상황을 어떻게 모면해야 할지 신속히 머리를 식히고 냉정히 생각했다. 그러나 탑주는 피식 웃으며 그의 어깨를 가볍게 두드려 주었다.

"개인적으로 어찌 상대했는지 궁금하기는 하나 추궁할 생각은 없다. 누구든 다 비밀이 있는 게니까."

그러면서 이미 식은 찻잔을 든 탑주. 분명 방금 전까지 식어 있던 차가 다시금 모락모락 김이 피어오르기 시작했다.

발렌은 탑주의 손에 미약하게 머물고 있는 마나를 확인하고 이유를 알아냈다. 적은 마나를 사용해 열기를 피워 순식간에 홍차를 다시 뜨겁게 덥힌 것이다.

"내가 이리 나온 것은 앞으로 타인 앞에서 이 점을 유의하라고 말하는 것이다."

"예, 탑주님."

"의심스럽고, 아직 설명이 안 되는 부분은 많지만 이 질문은 그냥 덮어 두기로 하마. 내게 중요한 것은 네가 내 손녀를 구해 준 것이라는 것뿐이니까. 여기에 데리고 온 것은 그것을 말하기 위함이었단다."

발렌은 탑주가 자신을 배려한다는 느낌을 받았다. 고작 3주 만에 찾아온 그의 변화는 놀라울 정도지만 자세히 들출 생각이 없어 보였다.

마음만 먹으면 언변으로, 그것도 안 되면 마법으로 충분히 그의 비밀을 캐낼 수도 있고, 여의치 않을 때는 권력으로 알아내는 방법도 있다.

지금 이 자리에서 확인할 수 있지만, 구태여 그렇게 하지 않는 것은 그렇게까지 할 필요성을 못 느꼈기 때문이리라.

그저 그에게 무슨 변화가 있다는 것만 알고 있을 뿐, 상세히 들여다보지 않았으니까.

'내가 벌써 이바나 씨와 동급 혹은 그 이상의 마법사인 데다 마이셀 가문의 비전까지 익혔다는 사실을 알면 정말 위험해지겠네.'

발렌은 앞으로 행동 하나하나에 조심하자고 생각했다.

잊으면 안 될 사실은, 이곳은 대륙 최고의 마법사들이 모여 있는 세인브리트 마탑 안이라는 것. 그리고 그에게 배움을 주고 있는 사람은 다름이 아닌 그 마탑의 탑주라는 것이다. 어수룩한 거짓말은 통하지 않으니 행동에 조심해야 할 필요가 있었다.

"참, 그리고."

잠시 생각을 정리하고 있는 와중 다시금 탑주가 입을 열었다.

"연회는 내일 저녁부터 시작이니 일을 마치는 대로 나와 손녀와 같이 황성으로 가자꾸나."

발렌이 의아한 시선으로 그를 바라보며 물었다.

"제가 같이 가도 되겠습니까?"

"안 될 건 무엇 있겠느냐?"

발렌은 그러겠노라고 말하며 탑주의 집무실 밖으로 나왔다.

　　　　　　*　　　*　　　*

이튿날. 해가 뉘엿뉘엿 지기 시작할 때, 발렌은 비교적 두꺼운 옷을 입고 마탑의 정문에서 탑주와 이바나를 기다렸다.

11월이 다 되어 가니 저녁에는 쌀쌀해지는 탓에 살짝 몸이 오들오들 떨리는 것 같았다.

"발렌!"

이바나의 목소리다. 그가 뒤를 돌아보니 평소와 다를 바 없는 옷차림의 탑주와 이바나가 걸어 나오고 있었다.

비교적 두껍게 입은 자신과 달리 평소와 다를 바 없는 로브 차림의 그들을 보자니 자신이 추워지는 것 같았다.

"이바나 씨. 안 추우세요?"

"전혀. 세인브리트 마탑의 마법사 로브는 방서와 방한이 되거든."

마치 자랑이라도 하듯 그녀가 고개를 빳빳이 들더니 살짝 로브를 펄럭였다.

따뜻한 온기가 그에게 닿았다. 발렌은 부러운 눈으로 그녀를 바라보았지만, 자신에게는 어림 반 푼어치도 없는 일이었다.

"그나저나 옷 얘기가 나와서 말인데, 그 옷차림은 뭐야?"

"무슨 문제라도 있나요?"

발렌은 자신의 옷을 살폈다. 딱히 이상한 점을 발견할 수 없는데 왜 옷에 꼬투리가 잡혔는지 모르겠다.

"황성에 들어가는데 그런 옷이라니. 그 옷차림으로는 초대장이 있어도 거부당할 수 있다고!"

자신이 보기에는 이 정도면 괜찮을 것 같은데, 아무래도 황궁 연회에 갈 때는 이보다 훨씬 좋은 옷을 입고 가야 하는 모양이다.

귀족들의 눈에는 자신이 입는 옷이 썩 좋아 보이지 않는 것인지도 모르겠다.

'정말 그렇다면 리즈를 엄청나게 실망시킬 수도 있겠는걸?'

발렌은 기껏 자신을 초대해 준 엘리즈를 실망시킬 수 없다고 생각했다. 연회 자리에 그들만 있는 게 아니라 제국의 이름 있는 귀족 가문들도 모일 테니 이 정도 옷으로는 어림없을 것이다. 하지만 발렌은 곤란한 듯 머리를 긁적였다.

"하지만 제가 가진 옷 중 제일 좋은 게 이 옷인걸요?"

"끙!"

이바나는 골치 아픈 얼굴로 그를 바라볼 수밖에 없었다. 연회에 가기 위해서 옷차림에 규정이 있다.

그가 입고 있는 옷이 천박한 것은 아니지만, 연회에 들어가기에는 적합하지 않았다. 원래대로라면 이 사실을 미리 알려 주고 옷을 맞췄어야 했는데, 엘리즈가 타이밍을 잡지 못한 것이 컸다.

이유라고 한다면 발렌의 휴가도 있었고, 그 사이에 흑마법사 사태까지 벌어져 말하지 못한 것이다.

황성에 입궁하기 위해서는 맞춤복이 있어야 하는데, 그 정복을 맞추기 위해서는 최소한 며칠은 걸릴 수밖에 없었다.

이바나나 탑주의 경우 세인브리트 마법사라서 로브를 입어도 괜찮지만, 발렌은 정식 제자도 아니고 그저 마탑에서 일하는 사서일 뿐이다. 그 때문에 그는 세인브리트 마법사 로브를 가지고 있지 않았다.

"후우, 일단 그 옷을 입고 가자. 내가 리즈에게 말해서 옷을 빌려 볼 테니까."

"네, 이바나 씨."

황성에 가기 위해서는 정말 까다롭다는 것은 알고 있었지만 설마 옷차림도 포함되어 있을 줄은 몰랐다.

전에 갔을 때는 발렌이 엘리즈를 구해 줘서 옷차림은 신경 쓰지 않고 들여와 치료해 주는 특별한 상황이었다. 그러나 지금은 그런 것이 아니라 초대되어 황성으로 가는 상황. 특별한 상황이 아닌 경우 그 규정에 따라야 할 의무가 있었다.

'근데 정말 쫓겨나면 어쩌지?'

그 걱정도 잠시, 탑주가 그의 걱정을 알았는지 위로하듯 말했다.

"이 연회의 주인공이 초대를 한 사람이니 아주 거지꼴로 온 사람이 아닌 한 내쫓지는 못할 게다. 정 뭣하면 내가 힘을 써서라도 들여보내 줄 터이니 걱정하지 말거라."

"감사합니다, 탑주님."

탑주가 직접 나서 준다면 황제가 아닌 한 그 누구도 발렌에게 함부로 할 수 없을 것이다.

발렌이 안심을 하며 함께 마탑을 나서는데, 커다란 마차가 마탑 입구에 서 있었다. 그리고 그들을 보고 정장을 빼입은 점잖은 사내가 나와서 가슴에 손을 얹고 정중히 인사를 했다.

"브레트 디 엘로이 님, 이바나 디 엘로이 님, 그리고 발렌시아 님 되십니까?"

"맞네."

탑주가 근엄한 얼굴로 대답하자 사내가 마차의 문을 열었다.

"황녀님께서 보내셨습니다. 황성까지 안전하게 모셔 드리겠습니다."

고작 20분만 가면 황성인데 마차로 데리러 오다니. 발렌은 엄청난 대접이구나 생각했다.

탑주나 이바나는 당연하다는 듯 마차에 올랐다. 발렌도 따라 타려는데, 사내가 그에게 공손하게 뭔가를 건넸다.

"황녀님께서 보내신 옷입니다."

발렌은 그 옷을 바라보다가 두 손으로 건네받았다. 이바나가 마차 안에서 고개를 내밀어 옷을 살폈다.

"네가 없을 걸 알고 리즈가 미리 준비한 모양이네. 도착하면 바로 갈아입으면 되겠다."

"역시 리즈는 다르네요."

발렌이 옷이 없으리라 생각해서 그에게 맞을 법한 옷을 보내다니. 발렌은 황성에 도착해서 그녀를 만나면 고맙다고 인사하기로 하며 옷을 소중히 갖고 마차 안으로 몸을 실었다.

*　　　*　　　*

황성! 천 년의 수도이자 바올라 제국이 건국되고 천 년 동안 관리되어 온 황제의 거처다.

그 어떤 공격에도 견딜 수 있을 법한 거대한 성곽과 높게 솟아오른 탑은 고개를 하늘 높이 쳐들어야 꼭대기를 볼 수 있을 정도로 높았다.

황성 곳곳에는 바올라 제국의 상징인 드래곤 문양의 깃발이 바람에 부딪치며 펄럭이고 있었다. 황성은 몇 번을 봐도 볼 때마다 괜히 위축이 되는 것만 같았다.

그들이 타고 있는 마차는 황성 입구를 지키는 근위병을 통과해 안으로 들어설 수 있었다.

마차에서 내린 발렌은 주위를 둘러보았다. 수많은 마차가 황성 안으로 들어오고 있었다.

물품을 실은 마차도 있지만, 대부분 인근 영지 혹은 이름 있는 귀족가에서 초청된 사람들이 탄 마차였다.

그 외에 자국의 귀족만 아니라 타국의 사신들도 속속들이 도착하고 있었다.

엄청난 양의 재물들을 마차에 싣고 온 것을 보며 자신의 나라가 대륙 최강국이라는 사실을 새삼 다시 깨달으며 눈을 떼지 못했다.

이바나는 그 모습에서 눈을 떼지 못하는 발렌을 바라보며 피식 웃었다.

"황성에 오는 게 처음도 아니면서 뭘 그렇게 둘러봐?"

"처음은 아니지만, 이번이 두 번째예요. 그리고 이렇게 많은 귀족과 사신들이 오는 것은 처음 보기도 하고요."

엘리즈 독살 시도 당시 제시카를 막은 발렌은 큰 부상을 입고서 황성에 며칠 정도 머무른 적이 있다.

그때도 이곳저곳 돌아다니며 황성을 구경했지만, 다시 와도 신기할 따름이다.

'계절이 바뀌니까 완전히 달라 보이는 것도 있지.'

정원에 피어 있던 꽃들과 나무에 있던 잎들은 벌써 떨어지고 앙상하게 헐벗고 있다. 그러나 전체적으로 정원이 잘 꾸며져 있어 그것도 아름답게 보일 정도였다.

"그나저나 리즈는 전혀 안 보이네요."

"연회가 본격적으로 시작되기 전에는 모습을 보이지 않을 거야. 원래 주인공은 시작되고서 모습을 드러내거든. 아마 리즈는 지금쯤 시종들이 여럿 달려들어 꾸미는 데 정신없을 걸?"

발렌은 엘리즈도 참 피곤하겠다고 생각하며 탑주와 이바나를 따라 정원을 거닐고 황성 입구에 도착할 때였다.

"발렌시아 님. 오랜만입니다."

누군가가 발렌의 이름을 부르며 다가왔다. 자신에게 다가온 이를 보고 그의 얼굴이 환해졌다.

"마셀 님!"

마셀 드렌. 황제의 옆을 보필하는 집사이자, 발렌이 황성에 잠시 머물 때 그를 도와준 사람이기도 했다.

낯선 장소에서 아는 얼굴을 보니 이렇게 반가울 수 없었다.

마셀은 가슴에 손을 얹고 허리를 살짝 숙이며 정중히 대했다.

"제2황녀님의 초청에 응해 주셔서 감사드리옵니다."

"감사까지야……."

오고 싶어도 초청받지 못해 오지 못하는 귀족들도 수두룩한데, 발렌은 평민이면서 다른 이도 아닌 이 연회의 주인공에게 초청되었다.

그 때문에 오히려 감사해야 할 사람은 자신이다. 이런 대규모 연회에 초청된 것은 가문의 영광이었다.

엘리즈라는 든든한 벗이 있어 절대로 연이 없을 황실의 연회에 오게 되었으니까.

"세인브리트 마탑의 탑주이신 브레트 디 엘로이 님과 손녀이신 이바나 디 엘로이 님도 초청에 응해 주셔서 감사드리옵니다."

그 말을 듣고 발렌은 이것이 형식적인 인사라는 것을 그제야 깨달았다. 살짝 무안하기는 했지만 애써 티를 내지 않았다.

"시종들을 따라가시면 배정된 방으로 안내해 드릴 겁니다."

발렌에게 시종이 붙었다. 그를 안내할 시종이 그에게 정중히 인사했다.

"안내해 드리겠습니다. 절 따라오시면 됩니다."

발렌은 뒤를 돌아 탑주와 이바나를 바라보았다. 자신에게 가장 먼저 시종이 붙어 방으로 안내 받았기 때문이다.

그러나 그들은 별로 신경 쓰지 않는 듯 잘 갔다 오라며 손까지 흔들었다.

발렌은 그 모습을 보고 시종의 뒤를 따라가기 시작했다. 배정된 방에 도착한 발렌은 익숙한 방에 입을 벌렸다.

'우연인가, 아니면 일부러 여기로 배정한 건가. 여긴 내가 전에 썼던 방이잖아?'

친숙하게 느껴지는 방이다. 고작 며칠뿐이지만 한때 그가 머물렀던 방.

오랜만에 황성에 와서 다시 이 방으로 배정을 받으니 감회가 새로웠다.

"발렌시아 님. 옷을 갈아입어 주시기 바랍니다. 다 갈아입으시면 말씀해 주십시오."

"예."

시종이 다시 문을 닫고 나갔다. 발렌은 시종이 나가자 그 즉시 바로 옷을 훌러덩 벗고 건네받은 옷을 입기 시작했다.

꽤나 고급 원단을 썼는지 옷이 매우 부드러웠다. 5분 만에 옷을 갈아입은 발렌은 같이 받은 신발로 갈아 신고서 방문을 향해 소리쳤다.

"다 갈아입었어요."

그 말이 끝나기 무섭게 방문이 열리며 방금 전 그를 안내했던 시종이 아닌 다른 사람들이 들어왔다. 이번에는 하녀들이었다.

그 시종도 할 일이 있으니 다시 원위치로 돌아갔을 것이라 생각했다. 하녀 중 한 명이 물었다.

"불편하신 곳이 있습니까?"

"괜찮은 것 같아요. 몸에 딱 맞아요. 신발도 나쁘지 않고요."

불편한 것이라고는 평소 입던 옷과 달라서 익숙지 않은 정도다.

이 정도는 참을 만해서 별로 크게 느껴지지 않았다. 하녀들은 발렌을 뚫어지도록 바라보았다.

그러더니 서로를 바라보고 눈빛을 주고받더니 고개를 주억인다. 그리고 발렌에게 다가오며 의자를 끌어 그의 앞에 놓았다.

"잠시 앉아 주시겠습니까?"

"예? 아, 예."

발렌은 뭔지 모르지만 일단 자리에 앉았다. 그러더니 하녀 중 한 명이 큰 천을 그의 목에 둘러 몸을 덮었다.

"잠시 머리를 정돈하겠습니다."

그 말과 함께 하녀가 가위를 꺼내 들며 순식간에 발렌의 머리를 싹둑 잘라 버렸다.

뭐라 하기도 전에 일어난 일이라 발렌의 얼굴이 잔뜩 굳어져 버렸다. 그러나 하녀들은 아랑곳하지 않고 그의 머리를 하나하나 살피며 잔머리들을 단정히 잘랐다.

그렇게 머리를 자르고 난 뒤에는 치장을 하기 시작했다. 발렌에게 어울릴 만한 것들을 직접 대보고 착용해 보고 확인한 그녀들은 곧 만족스러웠는지 한 걸음 물러났다.

"발렌시아 님. 다 됐습니다. 불편한 곳이 있으면 말씀해 주십시오."

한참을 가만히 앉아 있자니 얼마나 힘든지 모른다. 마치 마나 호흡법을 하고 있던 것처럼 허리가 뻑적지근하기까지 했다.

발렌은 자리에서 일어서며 전신 거울 앞에 섰다. 배정된 방 안에는 모두 전신 거울이 있었다.

발렌은 자신의 바뀐 모습을 보고 멍하니 이를 바라보았다. 처음에는 불안했으나, 거울에 비치는 자신의 모습이 완전히 달라졌기 때문이다.

"완전히 사람이 달라졌는데요?"

눈앞에 있는 거울이 비추는 게 자신이 맞나 싶을 정도다. 발렌은 완전히 색다른 모습이 된 자신을 보고 놀라고 있었다.

좀 꾸미고 옷을 바꿔 입었을 뿐인데 사람이 완전 달라 보이기까지 했다. 게다가 실내에서만 일하는 덕분인지 피부도 뽀얀 발렌이다. 그 때문에 귀족처럼 보였다.

　정말 귀족이 볼 때는 어떨지 모르겠지만, 자신이 보기에는 그렇게 보였다.

Chapter 06

연회

음식은 입을 즐겁게 하고, 노래는 귀를 즐겁게
하며 춤은 몸을 즐겁게 한다.
　—메이어 신성 제국 황제의 연회 축사 中 —

＊　　　＊　　　＊

　연회의 규모는 정말 어마어마하기 그지없었다. 황성 전
체가 연회장이 된 것처럼 사람들로 북적이고, 잘 꾸며 입은
귀족들이 홀에서 이야기꽃을 나누고 있었다.
　"어마어마하네."

발렌은 하녀의 안내에 따라 홀에 도착하고서 크게 놀랄 수밖에 없었다.

보이는 건 사람들과 길게 늘어놓은 테이블 위에 음식들이 잔뜩 깔려 있는 것이었다. 이 엄청난 규모의 연회를 보니 압도되는 기분이었다.

"일 년에 몇 번이고 있는 일이야. 주로 건국 기념일과 황녀, 황자의 생일에 이렇게 성대한 연회가 진행되지. 물론 건국 기념일은 이것보다 더 크게 열지만."

발렌의 뒤에서 그의 혼잣말에 대답해 주는 이가 있었다. 뒤를 돌아보니 단발머리에 드레스를 입고 치장한 여성이 눈에 들어왔다. 그의 눈이 동그랗게 떠졌다.

"이바나 씨?"

발렌은 이바나가 드레스를 입은 모습을 보고 크게 놀랄 수밖에 없었다. 그녀는 왜 그러냐는 듯 물었다.

"왜? 내가 드레스 입은 거 처음 봤어?"

발렌이 고개를 주억였다.

"처음 보는데요."

"그러고 보니 그렇구나. 어때, 잘 어울려?"

이바나는 어깨를 으쓱이며 호호 웃었다. 어째 말투까지 변한 기분이다. 아니, 확실히 변했다.

평소의 모습과 달라 보여 발렌은 어색하게만 느껴졌다.

발렌이 아는 이바나의 모습은 항상 세인브리트 마탑의 마법사복을 입은 모습이다. 그런데 지금은 완전히 한 명의 귀족가의 영애가 되어 나타났다.

당연히 놀랄 수밖에 없었다. 발렌이 고개를 다시 한 번 주억이며 대답했다.

"예, 잘 어울려요."

"그래?"

이바나가 조신하게 웃었다. 평소에도 크게 웃지는 않지만, 그렇다고 손으로 입을 가리는 모습을 보인 적 없는 그녀다.

황성에 오기 전까지의 모습과 완전히 달라 보였다. 그러더니 그녀도 발렌을 위부터 아래를 훑듯 살폈다.

"확실히 인물이 달라지긴 했네. 역시 황실의 시종들은 감각이 좋단 말이야."

"역시 제 눈에만 그런 게 아니라 이바나 씨에게도 달라 보여요?"

한눈에 달라진 것이 보일 정도다. 발렌이 미남까지는 아니더라도 그래도 어느 정도 외모가 되는 축에 속했다. 거기에 옷까지 깔끔한 정복을 입으니 여느 귀족가의 자제들과 다를 바 없어 보였다.

"응. 황실의 시종들의 감각이 좋은 것도 있지만, 역시 옷이 받쳐 주니 맵시도 잘 사네. 옷이 날개야."

"그건 저 욕하는 거죠?"

이바나가 들켰냐며 호호 웃었다. 평소 같았으면 크게 웃었을 그녀가 다소곳하게 웃고 있으니 영 적응이 되지 않는다.

그래도 이런 어색한 곳에서 자신에게 말을 걸어 주고 옆에 있어 준 것만 하더라도 감사하게 여길 뿐이다.

그녀는 빙그레 미소를 자아냈다. 그러더니 그의 귓가에 입을 가까이 향하며 소곤소곤 말했다.

"연회 때는 되도록 행동과 말투를 조심하도록 해. 이곳은 모든 귀와 눈이 열려 있는 곳이거든."

사람이 많으니 안전한 곳은 없다는 뜻이리라. 발렌은 고개를 주억였다. 엘리즈가 초대한 손님이니 만큼 모든 행동거지를 조심할 수밖에 없었다. 작은 실수로 엘리즈의 얼굴에 먹칠할 수 없는 노릇이기에 발렌도 생각했던 바이기도 했다.

그러나 크게 생각하지 않아도 되는 것이, 황성에서 아는 사람이라고는 이바나 밖에 없다. 마셀도 있지만 그는 황제를 보필하는 최측근. 발렌과 수다를 떨 만큼 한가한 사람이 아니다.

발렌이 알아들은 듯하자 이바나가 만족한 얼굴을 띠었

다. 혹시나 기분이 들떠서 실수를 하면 어쩌나 걱정했는데 크게 생각하지 않아도 될 것 같았다.

"그나저나 엄청난 규모의 연회네요. 건국 기념일에는 이것보다 더 큰 연회가 열린다는 게 어느 정도인지 감이 안 잡히네요."

지금의 연회도 두 눈이 어지러워질 정도인데 이보다 더 큰 연회는 대체 규모가 어느 정도인지 감을 잡을 수 없었다.

물론 건국 기념일은 나라의 축제이기에 황성 내부만 아니라 바올라 제국민들의 축제이기도 했다. 축제와 비교하기가 확실히 어려울 것이라 짐작했다.

"그런데 세인브리트 마탑의 마법사들도 귀족가일 텐데 여기에 안 오나요?"

"물론 초대되지. 나와 할아버지가 마지막에 와서 그렇지, 다들 연회복으로 갈아입어서 알아보기 힘들 거야."

대충 둘러보니 식당에서 본 적 있는 듯 낯이 익은 사람들이 몇몇 보이는 것 같았다. 그들과 잘 대화해 보지 않아서 그렇지, 아마 세인브리트 마탑의 마법사들이 아닐까 생각했다.

"탑주님은 어디 계세요?"

"할아버지? 황제 폐하를 알현하고 지금은 평소 알고 지내던 귀족과 대화하고 계셔."

발렌은 황제를 자신의 뜻대로 알현하러 갈 수도 있다는 것에 탑주가 어마어마한 사람이라는 걸 새삼 깨달았다. 그런 사람이 자신에게 마법을 알려 주는 스승이라는 것이 아직도 믿기지 않을 일이다.

"이바나 씨는 안 따라가신 거예요?"

"내가 없으면 네가 혼자 멀뚱멀뚱 있을 것 같아서 말이야."

그녀가 씩 웃으며 발렌의 머리를 콕 찔렀다. 그가 피식 웃으며 어디서 본 귀족의 인사법을 따라했다. 한쪽 발을 뒤로 빼고 팔을 돌리며 가슴에 손을 얹었다.

"레이디께서 절 배려해 주시고. 무한한 영광입니다."

"어디 가서 그런 거 하지 마. 말투도, 행동도 어색하니까."

나름 제대로 흉내 냈다고 생각했는데, 그녀가 보기에는 아니었던 모양이다. 발렌은 그렇게 이바나와 연회가 본격적으로 시작될 때까지 대화를 나눴다.

한참을 대화를 하는데 곧 황실 악단이 등장하고 마셀이 나타났다.

황실 악단이 정중히 인사하며 곧 자리에 앉자 잔잔한 연주가 시작되었다. 두런두런 이야기를 하던 연회장이 조용해지고, 모든 시선이 마셀에게로 향했다. 마셀이 점잖게 인사했다.

"신사 숙녀 여러분. 제2 황녀이신 엘리즈 폰 바올라 님의 스물한 번째 생신을 축하해 주시기 위해 먼 길을 마다하지 않고 찾아 주셔서 감사드립니다. 천 년의 수도 세인브리트에 오신 것을 환영합니다."

짝! 짝! 짝!

모두가 박수를 치기 시작했다. 발렌도 따라서 박수를 쳤다. 잠깐의 박수가 연회장을 감싸다가 다시 조용해질 때쯤이었다. 홀과 연결된 대문이 열리기 시작한다. 마셀이 한 걸음 물러났다.

"황제 폐하와 가벨 폰 바올라 황자 전하, 아루스 폰 바올라 황자 전하 그리고 이번 연회의 주인공이신 엘리즈 폰 바올라 황녀님께서 입장하시겠습니다."

방금과는 비교가 되지 않을 정도로 큰 박수 소리가 연회장 가득 울려 퍼졌다. 어찌나 박수 소리가 큰지 귀가 아플 정도였다. 박수 소리에 압도될 수 있다는 것을 난생처음 느껴보는 발렌이었다.

황제가 입장하고, 연회장 중앙의 계단 위에서 그들을 내려다보았다.

"세인브리트에 온 것을 환영하는 바이다. 엘리즈는 올해로 스물한 번째 생일을 맞이했으며 아국의 최고 마탑인 세인브리트 마탑의 소속이 되었다. 세인브리트 마탑은 바올라 제국 황실에서 들어간 이가 손에 꼽을 만큼 적다."

황제는 긴 연설을 했다. 연설도 짧게 요점만 하던 그가 오늘 엘리즈의 생일에는 할 말이 많은 모양이었다.

그도 그럴 수밖에 없는 것이, 올해에 엘리즈는 세인브리트 마탑으로 들어갔다. 황실에서 세인브리트 마탑에 들어간 이는 엘리즈를 포함해 바올라 제국 역사에 단 세 명.

천 년의 역사 동안 단 세 명이다. 300년에 한 번 들어갈까 말까한 수치이다. 그것도 대단한데 엘리즈의 경우 탑주의 제안으로 들어가게 된 것이다.

이는 역사상 처음 있는 일이다. 모든 이들이 황제의 말에 경청했고, 곧 그의 축사가 끝났다.

뒤이어 가벨과 아루스가 이곳에 찾아와 준 것에 감사를 표했다. 이제 엘리즈가 귀족들과 사신들에게 말할 차례.

모든 귀족들이 그녀에게서 눈을 떼지 못했다. 멀리서도 빛이 날 정도로 아름다운 미모를 가진 그녀에게서 눈을 뗄 수 있는 사람은 그리 많지 않았다.

"제 생일을 위해 많은 분들께서 찾아 주신 것에 감사드립니다. 모든 이들에게 알테미아 님의 축복이 함께하시길."

짧지만 그 여파는 굉장했다. 그녀의 말에 박수 소리가 커졌다. 발렌도 박수를 치며 호응했다. 황제가 손을 들자 박수 소리가 멎었다. 그가 외쳤다.

"다시 한 번 세인브리트에 찾아온 그대들을 환영하며 연회를 마음껏 즐기도록!"

그의 말과 함께 악단이 연회의 시작을 알리는 연주를 시작했다. 그 연주에 맞춰 홀 중앙으로 나온 이들이 춤을 추기 시작했다. 황실 사람들은 홀 중앙 계단 근처에 놓인 의자에 앉아 이를 바라보았다.

귀족 가문의 자제들이 자신의 수행인과 함께 계단을 올라갔다. 수행인들의 손에 들린 것이 엘리즈에게 줄 선물이라는 것을 짐작할 수 있었다.

포장만 봐도 보통 가격의 선물이 아니라는 것을 깨달은 발렌의 눈이 휘둥그레졌다.

"와, 생일 선물이 엄청나게 많네요."

"사람이 많은 만큼 선물도 많은 거지."

엘리즈는 그들의 선물을 받을 때마다 한두 마디씩 대화하며 미소를 보여 주었다.

선물을 건네는 젊은 귀족가의 자제들은 한 마디라도 더 섞으려고 했지만, 선물을 받아 한 곳에 쌓고 있는 시종이 바로 다음으로 넘겼다.

선물을 주는 사람들이 많으니 이렇게라도 빨리빨리 넘겨야 했다. 본격적으로 대화하는 것은 선물을 다 받고서 할수 있는 일이니 아쉬움이 남아도 그것을 위안으로 삼았다.

"발렌. 너도 선물 준비했지?"

"물론이죠."

이바나가 품속에서 뭔가를 꺼냈다. 그녀가 꺼낸 것은 작은 선물 상자였다.

보아하니 액세서리 종류인 것 같았다. 발렌은 고개를 주억이며 미리 챙겨 둔 선물을 꺼냈다. 그가 꺼낸 것도 이바나 못지않게 작았다. 한 손에 들어갈 만큼 작은 상자였다.

발렌은 이바나를 따라 줄에 합류했다. 줄이 길게 지어져있었지만, 금방금방 앞으로 이동할 수 있었다. 그리고 곧이바나의 차례가 되었다. 그녀가 정중히 인사하며 그녀에게 선물을 건넸다.

"황녀님. 제가 황녀님을 생각하며 고민해서 구입한 선물입니다."

"이바나. 당신은 항상 제게 선물을 챙겨 주시는군요?"

"황녀님께서 제 어려움을 이해해 주시고 항상 도와주시지 않습니까. 이 정도는 아무것도 아닙니다."

"고마워요."

이바나와 엘리즈가 서로 존댓말을 하며 격식을 차리는

것을 본 발렌은 어색하게만 느껴졌다. 이바나도 한두 마디로 끝내고 곧 옆으로 빠져 계단을 내려갔다. 이제 발렌의 차례였다.

"발렌시아. 제게 선물을 주시는 건가요?"

엘리즈는 이바나뿐만 아니라 그에게도 존댓말을 했다. 귀족들이 많이 몰려 있는 까닭에 평소처럼 그를 대할 수 없던 것이다. 발렌은 입가에 미소를 그리며 정중히 예의를 차리며 인사했다.

"예, 황녀님. 약소하지만 황녀님을 위해 제가 준비한 선물입니다."

"고마워요, 발렌시아."

그녀가 발렌의 선물을 받고 잠시 바라보더니 그에게 물었다.

"혹시 지금 뜯어 봐도 될까요?"

"황녀님의 뜻대로 하십시오."

뒤에서 대기 중이던 귀족들이 놀란 눈으로 그녀와 발렌을 번갈아 보았다. 엘리즈가 선물을 받고 바로 뜯어 봐도 되겠냐고 한 것은 이번이 처음이었기 때문이다. 다들 놀라고 있는데, 그녀는 조심스럽게 상자를 열어 내용물을 확인했다. 모든 이들의 시선이 발렌의 선물에 향했다.

"풋!"

뒤에 서 있던 귀족들이 발렌의 선물을 보고 웃음을 터트렸다. 돈이 썩어 넘쳐 나는 귀족들이 보기에는 기대에 못 미치겠지만, 발렌도 돈을 꽤 써서 신중하게 골라 구입한 선물이었다. 발렌이 그녀에게 준 선물은 작은 토파즈가 박힌 금귀고리였다. 발렌에게는 괜찮은 디자인이라고 생각했지만, 뒤에서 지켜보던 귀족가의 자제들이 웃는 것을 보니 그들의 눈에는 썩 좋아 보이는 것은 아닌 모양이다.

살짝 뒤돌아보니 비웃는 귀족들도 서 있었다. 고작 저런 걸 선물로 건네준다는 게 말이 되냐는 시선을 보내는 이도 적잖게 볼 수 있었다. 하나 엘리즈는 화사하게 미소를 지었다.

"고마워요. 정말 마음에 들어요."

"마음에 드신다니 다행입니다. 변변찮은 선물을 받아 주셔서 황송할 따름입니다."

엘리즈는 그가 준 선물을 보고 잔잔한 미소를 그리며 귀에 걸었다. 그녀가 귀걸이를 착용하니 싸구려가 순식간에 값비싼 액세서리로 변모한 것 같았다. 모두가 그 모습을 보고 넋을 놓고 말았다. 그녀는 정말 기쁘다는 듯 그의 선물을 받고, 귀에 착용까지 했다. 그녀의 생일 때 그간 없던 일이었다.

다들 발렌과 엘리즈를 번갈아 보며 자신들의 시종들에게

귓속말을 하기 시작했다. 시종들이 고개를 주억이더니 계단을 내려간다. 아마 발렌과 엘리즈가 무슨 사이인지 알아내려는 모양이었다.

"발렌시아."

"예, 황녀님."

"이바나가 기다리고 있습니다."

계단 아래로 시선을 향하니 그곳에는 이바나가 그를 지켜보며 서 있는 것을 볼 수 있었다. 발렌이 다시 한 번 그녀에게 예의를 갖추며 인사하고 계단을 내려갔다. 계단을 내려갈 때도 그에게 꽂힌 시선은 전혀 줄어들지 않았다. 그는 계단에 내려오고서 한숨을 푹 내쉬는 이바나를 볼 수 있었다.

"이바나 씨, 어디 불편하세요?"

"잠시 따라와."

이바나는 그에게 어떤 말도 해 주지 않고 팔목을 잡고 연회장 구석에 있는 테라스로 끌고 갔다. 발렌은 의아한 시선으로 그녀를 바라보았다.

"왜 그러세요?"

"너 이번 연회 때 조심해야겠어."

이바나가 충고하듯 말하자 발렌이 고개를 갸웃거렸다. 혹시 자신이 뭘 잘못하기라도 한 건가 싶었다.

"왜요?"

"너의 기를 살려 주려고 리즈가 사람들 앞에서 선물을 뜯고 착용했는데, 그것 때문에 주목 받았으니까."

확실히 엘리즈의 행동으로 발렌이 잠시 주목을 받은 것은 사실이다. 그러나 그는 딱히 크게 생각하지 않았다. 아니, 그렇다고 조심해야 할 이유가 있는지 전혀 몰랐다.

"그게 어때서요?"

"그게 어때서는 뭐가 어때서야! 너 연회를 단순히 놀고, 먹고, 마시러 오는 거라고 생각한 거야?"

"아니에요?"

발렌은 연회란 게 그런 거 아니냐는 듯이 되묻자, 이바나가 얼굴을 쓸어내리며 피곤한 얼굴로 그를 바라보았다.

'마치 귀찮게 말해 줘야 알겠냐는 표정인 걸?'

발렌의 생각대로 이바나는 정말 그렇게 생각하고 있었다. 하지만 발렌은 전혀 몰랐다. 연회가 먹고 놀고, 마시는 곳이 아닌가? 귀족들의 연회란 책을 읽었을 때도 연회에 대해 그렇게 기술하고 있었다. 나라마다 연회 방식은 조금씩 차이가 있지만 즐기기 위한 귀족들의 사교 모임이라는 것은 잘 알고 있다.

"정말 하나도 모르는구나?"

그녀의 깊은 한숨이 더해졌다. 잘못한 것도 없는데 왜인지 잘못한 기분이 들었다.

"연회에 와 봤어야 알죠."

확실히 그렇다. 발렌은 황실에서 주최하는 연회는 머리에 털 나고 처음 와 보는 것이다.

"잘 들어. 귀족의 연회는 겉으로는 화려하고 우아한 파티장이지만, 실제로는 전쟁터를 방불케 하는 곳이야."

"예?"

이렇게 평화롭고 하하호호 웃고 대화를 나누며 같이 어울려 춤을 추는 연회가 전쟁터를 방불케 한다니? 전혀 이해하지 못하겠다.

"수많은 귀족들이 참석하는 곳이야. 서로 협력하며 공생하는 가문도 만나지만 그 반대도 있지 않겠어?"

확실히…… 이곳에는 수많은 귀족들이 모였다. 그녀의 말처럼 친한 가문끼리 만날 수도 있지만, 그 반대로 적대적인 가문이 만날 수도 있었다.

"저기만 봐도 알 수 있지."

이바나가 연회가 한참 진행되고 있는 안쪽을 가리켰다. 발렌은 이바나의 손가락이 이끄는 대로 유리창 너머 서로 대화를 나누고 있는 귀족들에게 시선을 향했다. 분명 서로 웃으며 대화하고 있는데 미묘하게 기 싸움을 하고 있었다. 지금까지 딱히 신경을 쓰지 않아서 몰랐는데, 자세히 보니

기 싸움을 하는 귀족들이 간간이 보이고 있었다.

"귀족들이 서로 간을 재고 눈치 싸움을 하는 곳이라는 얘기야. 또한 마음에 든 이성에게 구애를 하는 곳이기도 하지. 그 과정에서 서로 마음에 두고 있는 이성이 같으면 순식간에 라이벌 구도가 만들어지지."

확실히 남녀끼리 대화를 하고 있는 것도 심심찮게 볼 수 있었다.

"그런데 그것과 리즈와 제 관계가 무슨 상관이죠?"

이바나가 답답하다는 듯 가슴을 치며 살짝 짜증 섞인 얼굴을 지었다.

"이 답답이. 젊은 귀족 자제들이 엘리즈에게 관심을 안 갖겠어? 황녀이기도 하지만, 제국 최고의 미인인데?"

엘리즈는 평민들 사이에서도 미인이라는 소문이 자자했다. 변방 영지만 아니라 타국에도 그 미모가 알려졌을 정도다. 그녀에게 구애를 하지 않은 젊은 귀족 자제가 있을까?

"그런데 리즈가 네게 관심을 갖고 있다는 것을 알게 되면 어떻게 되겠어?"

엘리즈는 신기하게도 다른 귀족 자제들과 친분이 깊지 않았다. 얼굴과 이름 정도는 알아도 심도 깊은 이야기를 나눈 사람은 많지 않다는 얘기였다. 그런데 발렌의 경우는 예외였다. 그녀와 친분을 쌓게 된 계기라고는 그녀가 세인브리트 마탑에 들어오기 전 책에 대해서 토론했다는 것과 대화를 많이 나눈다는 것. 친구끼리 충분히 할 수 있는 대화를 나누는 정도지만, 어떻게든 사이를 좁히려고 해도 하지 못한 귀족들이 할 행동이라면…….

"……저에 대해 알아보려고 하겠네요."

"그렇지. 바로 그거야. 넌 지금 리즈의 실수로 수많은 귀족들에게 이목이 집중되어 있다는 소리야."

참 골치 아파졌다는 생각이 들었다. 아무 생각 없이 왔다가 귀찮은 일에 엮이게 되었기 때문이다. 그러나 발렌은 자신에 대해 알아봐도 많이 알려지지 않을 것이라고 생각했다.

"제가 리즈의 목숨을 몇 번 구해 줬다고 해도 전 사서인데다 평민인데, 설마 크게 생각하겠어요? 그로 인해 친해졌다 정도만 알게 되겠죠."

이바나는 고개를 저었다.

"그건 모르는 법이야. 네가 리즈와 나의 벗이라고 해도 그들은 어떻게 생각할지 모르니까."

확실히 그들이 오해하면 발렌에게 어떻게 대할지 전혀 모르겠다. 뒤를 캐 봤자 나올 것은 거의 없겠으나 그래도 혹시 자신 때문에 가족들에게 영향이 갈 것이 염려되었다. 까딱 잘못하다가 시이나에 대한 정체까지 알려질 수 있는 문제였다.

'나와 렌도 어머니의 정체를 몰랐으니 마을 사람들에게도 비밀로 하셨겠지. 정체에 대해서는 두 분이서 알아서 하시겠지만, 그래도 불안 요소가 남는 걸?'

발렌이 지금부터라도 하나하나 생각하고 행동하자고 생각할 때였다. 그녀의 말에서 불현듯 한 단어가 걸렸다.

"이바나 씨. 절 벗이라고 생각해 주신 거예요?"

발렌은 의아하다는 듯 그녀를 바라보았다. 이바나는 더 의아하다는 듯 그에게 되물었다.

"그럼 아니야?"

"음……."

발렌은 애매하다는 생각을 했다. 발렌은 이바나를 어느 정도 친분이 있는 정도로만 생각했기 때문이다. 반면 이바나는 그를 벗으로 생각하고 있던 모양이다. 사람마다 인식의 차이는 있지만, 그녀는 이 정도 관계도 벗으로 생각하는 모양이었다. 그가 고민하는 모습을 보고 그녀가 살짝 인상을 찌푸렸다.

"왜 고민하는 건데? 넌 그렇게 생각 안 하고 있던 거였어?"

그렇다고 말하면 그녀가 상처 받을 것 같았다. 발렌은 미소를 지으며 고개를 저었다.

"아뇨. 그렇게 생각하고 있었어요. 이바나 씨는 어떻게 생각할지 몰랐는데 그렇게 말씀해 주시니 감사할 따름이네요."

발렌이 천연덕스럽게 거짓말을 했다. 그러나 이바나는 그의 미묘한 표정을 보고 그가 거짓말을 하고 있다는 것을 알아보았다.

"거짓말하고 있는 거 티 나거든? 괜히 내가 상처 받을까 봐 거짓말하지 말아 줄래? 그게 더 상처가 되니까, 이 여심에 둔감한 녀석아."

이바나가 발렌의 이마를 손가락으로 콕콕 찔렀다. 발렌이 어색하게 웃으며 머리를 긁적였다. 엘리즈처럼 반말할 수 있을 때가 언제가 될지, 혹은 오기나 할지 상상도 되지 않지만 기회는 있을 테니까. 발렌에게도 옆에서 대화하고, 힘이 되어 줄 수 있는 사람이 있다면 두 손 들고 환영이었다.

"이바나 씨. 그럼 이왕 이렇게 된 거 우리의 우정에 건배하실래요?"

발렌이 들고 있던 와인 잔을 내밀었다. 이바나는 이를 보고 혀를 찼다.

"너 얼굴에 철판 깔았다는 말은 알지? 네가 딱 그 꼴이야."

그가 천연덕스럽게 웃자 이바나가 피식 웃었다.

"그래. 이번에는 그냥 모르는 척 넘어가 준다."

"이미 모르는 척이라는 말을 한 시점에서 희석된 것 같지만 감사히 생각하죠."

발렌이 피식 웃자 서로의 잔이 가볍게 부딪쳤다. 서로 와인을 걸치고 있자 그들이 있는 곳으로 잠시 바람을 쐬려고 오는 귀족들이 점점 늘어났다. 발코니마저 북적이자 이바나가 그를 다시 연회장 안으로 데리고 왔다.

"조용한 곳을 찾자. 너도 그게 낫지?"

발렌이 고개를 주억이자 다시 연회장 안으로 들어간 그들. 홀 가운데는 벌써 귀족 남녀가 서로 어울리며 춤을 추고 있었고, 악단은 지금까지도 쉬지 않고 연주를 계속하고 있었다. 분위기는 한창 무르익어 간다.

'사람들이 너무 많은 걸?'

한눈을 팔다가 서로 놓치겠다 싶었다.

"연회장에 있을 때는 내 옆에 붙어 있어. 사람들이 많아서 잘못하면 연회가 끝날 때까지 못 찾을 수 있거든."

그래도 혹시 사람들에 치여 헤어질 수 있으니 합류할 장소를 방금 전의 발코니로 정했다. 둘의 잔이 마주치고, 누가 먼저라고 할 것 없이 와인을 마시고는 다시 연회장으로 들어왔다.

연회장에 들어오니 젊은 귀족의 자제들의 시선이 가끔씩 발렌에게로 향했다.

발렌은 애써 그 시선들을 무시하며 그녀에게 최대한 붙어 다녔다. 몇몇 귀족이 이바나에게 접근해서 같이 춤을 추자고 했지만, 그녀는 그럴 때마다 정중히 거절하며 발렌과 함께 동행했다.

"이바나 씨. 저 때문에 괜히 귀족들과 어울리지 않는 거예요?"

"원래 이랬으니까 걱정하지 마. 리즈의 생일이 아니었으면 오지 않았을 테니까. 게다가 지금 내게 춤을 신청한 사람들 중 몇몇은 나와 널 떨어뜨려 놓고 네게 수작 부리려는 사람이 있을지도 모르니까."

"그건 이바나 씨가 너무 생각이 과한 것 아닌가요?"

"그래도 조심하는 게 좋겠지."

발렌이 알기에는 이바나는 생각보다 많이 사교계에 나가는 편이 아니라고 들었다. 나가서 할 것도 없고, 마도구 개발과 연구에 흠뻑 빠진 그녀는 그것을 시간 낭비라고 생각하고 있기 때문이다.

그녀가 반드시 참석하는 연회는 단 두 가지. 건국 기념일과 엘리즈의 생일뿐이었다. 건국 기념일은 중앙 귀족이라면 특별한 일이 없는 이상 반드시 참석해야 하는 날이기 때문에 싫어도 참석해야 했다. 엘리즈의 생일 때는 그녀를 위해서 참석한다. 그 두 날만큼은 마도구 연구, 개발은 잠시 미뤄 둘 수밖에 없었다.

문득 자신의 팔꿈치가 그녀의 팔에 닿았다. 이바나도 여성인데 너무 딱 달라붙어 있으면 다른 사람들에게 오해를 살 것 같았다 그가 나름 배려해서 옆으로 빠진 그때, 이바나가 그의 팔에 자신의 팔을 둘러 안쪽으로 끌어당겼다. 말랑한 감촉이 그의 팔 언저리에 닿아 그의 얼굴이 순식간에 붉어졌다.

"이바나 씨?"

"떨어지지 말고 최대한 내게 붙어서 다녀."

"네? 하지만……."

"나도 부끄러우니까 대답하지 마."

"……."

발렌은 그녀의 말대로 가만히 그녀에게 팔을 내주었다.

그녀가 그의 팔에 손을 걸치며 자연스럽게 안내했다. 겉으로 보기에는 상당히 어색할 수밖에 없었다.

이바나는 부끄러운 듯 얼굴을 붉히면서 고개를 살짝 떨어뜨렸다.

발렌도 별로 다를 바 없는 얼굴색으로 시선을 옆으로 회피했다.

몇몇 귀족들이 그 모습을 보고 입을 가리며 웃었다.

서로 이성에게 이렇게 한 적이 단 한 번도 없다 보니 남들이 보기에도 어색할 수밖에 없었다.

그들이 보기에는 풋풋하고 순박하게 보일지도 모르겠다고 생각했다.

그렇게 서로 얼굴을 붉히며 연회장을 돌아다니다 사람들 눈에 잘 띄지 않는 곳에 도착했을 때였다.

한 귀족이 이바나에게 다가오며 정중히 인사했다.

"레이디. 혹시 이바나 디 엘로이 님이십니까?"

"그런데요?"

"소문은 익히 들었습니다. 전 세기어 왕국에서 사신단으로 온 베노스 엔 디폴란이라고 합니다."

이바나의 눈에서 순식간에 빛이 번뜩이는 것 같았다.

"세기어 왕국의 사신이라고요?"

"예."

"어머나!"

어째서인지 그녀가 잔뜩 들뜬 얼굴로 손뼉을 마주쳤다. 발렌은 고개를 갸웃거리며 그녀를 바라보았다.

"혹 괜찮으시면 얘기를 나눠도 되겠습니까?"

"물론이죠!"

"이바나 씨?"

"발렌, 잠깐만 대화하고 올게! 아까 합류하기로 한 곳에서 만나자!"

이바나는 무슨 일인지 몰라도 잔뜩 들뜬 얼굴로 세기어 왕국의 사신과 사라졌다.

그녀가 왜 저리 들뜬 것인지 이해할 수 없던 발렌은 그녀를 붙잡지 못하고 결국 혼자 덩그러니 남게 되었다.

"방금 전까지 옆에서 떨어지지 말고 바짝 붙어 있으라고 해 놓고 절 버려두고 가시면 어떻게 해요……."

그가 한숨을 내쉬었다. 갈 곳을 잃은 발렌은 한숨을 내쉬며 최대한 귀족들의 눈에 들지 않게 그녀와 합류하기로 했던 발코니에서 조용히 와인을 기울였다.

바람이 차가웠지만, 술기운이 조금 돌게 된 모양인지 몸이 따뜻해져서 바람이 춥게 느껴지지 않았다.

혼자 있으려니 적적해 달빛을 바라보는데, 누군가가 그의 옆으로 다가왔다.

"혹시 혼자인가?"

그의 옆으로 다가온 이는 청색 머리의 중년 남성이었다.

목소리도 그렇고, 외모도 그렇고 꽤나 점잖아 보이는 사람이었다.

"동료와 잠시 헤어져서 기다리고 있습니다."

"그런가?"

청색 머리의 귀족이 발렌을 위에서부터 아래까지 살피더니 빙그레 웃었다.

"이렇게 된 거 대화나 나눕시다."

그의 행동이나 하는 말은 마치 자신을 재려고 하는 것 같았다. 얼굴만 보면 사람들이 쉽게 신뢰할 수 있을 정도로 순박하게 생긴 사람이었다. 그러나 발렌은 그 얼굴이 가면이라는 생각이 들었다.

발렌은 그간 리셋을 반복하면서 심성이 악한 이들의 눈빛을 봐 왔다.

청색 머리의 귀족이 악인이라고 할 수 없지만, 그의 눈빛은 마치 독사를 품은 것처럼 날카로워 보였으며 또한 능글맞았다.

속에는 진짜 본모습을 감춰 둔 채 집요하게 상대를 노리는 사람으로 보였다.

그가 발렌에게 친한 척하며 생글생글 웃는 얼굴로 물었다.

"반갑네. 연회에서 처음 보는 자인데, 혹 이름이 어떻게 되는가?"

"발렌시아라고 합니다."

"호오, 자네가 황녀님을 구한 그 사서인가? 정말 멋진 이름이로군."

말로는 멋진 이름이라고 했지만, 사실 발렌의 이름은 흔한 편이다.

이 귀족도 아마 알고는 있지만 면전에서는 좋은 인상을 주기 위해 이리 말한 것이리라.

'딱 봐도 나에 대해 조사를 마치고 접근한 것 같네.'

평민이 황녀를 구했다는 소문이라면 접할 수 있지만, 이름까지 기억할 수 있을까 싶다.

흔한 이름은 많고 발렌은 그중 하나를 가지고 있을 뿐이다.

따로 기억하지 않은 이상 이름을 듣자마자 바로 그가 한 일에 대해 말하지는 않을 것이다.

아니, 어쩌면 흔한 만큼 기억하기 쉬울지도 모른다. 그러나 발렌은 그가 의도적으로 접근해 왔다는 것임을 확신했다.

'애초에 발렌시아라는 이름을 가진 귀족들도 있을 텐데 말이지.'

흔한 만큼 귀족들도 가지고 있을 이름이다. 그는 발렌의 이름을 듣고 어느 가문의 사람이냐고 물어보지 않은 채 바로 사서임을 알았고, 엘리즈를 구한 평민이라고 생각했다. 이미 다 알고서 접근한 것이 아니면 바로 나오기는 힘든 말이었다. 그는 자신이 실수한 것도 모르고 천연덕스럽게 말을 이어 갔다.

"자네에 대해서는 들었네. 목숨을 걸고 황녀님을 지키다니. 그대의 충정은 역사에도 길이 남게 될 게야."

하나의 사건에서 그의 이름이 보이기는 하겠지만, 평민인 자신의 이름이 널리 퍼질까 싶기도 했다. 그러나 청색 머리의 귀족은 그를 띄워 주면서 칭찬 일색이었다.

"자네 같은 사람이 많아야 아국이 발전하고, 또 다른 천 년을 이어 나갈 수 있게 될 것이야."

"그렇습니까?"

대충 이쯤에서 말을 마무리하고 자리를 회피하려고 하는데, 청색 머리의 귀족의 눈빛이 더욱 빛났다. 그를 집요하게 붙잡았다.

"그러고 보니 내 소개를 하지 않았군."

그가 헛기침을 하더니 자신을 소개했다.

"난 세든 벤 센티스라고 하네."

그의 이름을 듣는 순간, 발렌은 자신이 잘못 들었나 그를 바라보았다. 설마 자신이 생각하는 그 센티스가 맞는지 생각하고 있었다. 반면 세든은 다르게 생각하고 있었다.

'내 성 씨를 듣고 놀라고 있군. 무리는 아니지.'

한때 동쪽의 변방 영지밖에 되지 않던 센티스 가문. 그러나 지금은 동부의 이름 있는 가문이 되었으며 황실에서도 반드시 중요한 일에 참석하라고 할 정도로 영향력이 생긴 가문이다. 그는 자랑스럽다는 듯 허리를 곧게 세우며 손을 내밀었다.

"내가 바로 센티스 백작령의 영주네."

발렌의 눈이 더없이 차가워졌다. 그는 바로 어머니의 가문을 무너뜨린 가문의 영주였기 때문이다.

Chapter 07
센티스 백작가

<센티스 백작령>

영주: 세든 벤 센티스

성향: 마법사 가문

　—동쪽의 변방 영지 중 하나인 가문. 동쪽 변방 영지의 작은 가문 중 하나였으나 적대 가문인 마이셀 가문을 무너뜨림으로써 실세 가문으로 우뚝 서게 되었다. 마이셀 가문에 있던 마정석이 매장된 광산을 차지하여 명실상부 동부 영지의 최강 가문이 되었다.

　—『바올라 제국의 영지』中 발췌—

　　　　*　　　　*　　　　*

　센티스 가문의 백작이 직접 자신을 찾아온 것에 놀란 발렌은 두 눈을 치켜뜨고 그를 바라보았다. 센티스 백작은 여전히 생글생글 웃으며 손을 뻗고 있었다. 발렌은 일단 그 손을 잡고 악수를 했다.

　"저들은 수행인입니까?"

　그의 시선이 발코니 뒤쪽에 모여 있는 자들에게로 향했다. 이쪽을 쭉 주시하고 있는 자들. 옷차림을 보았을 때 그들도 귀족인 듯싶었다.

　"아니, 그들 모두 내 영지 근방을 다스리고 있는 영주들이지. 모두 와 보시게."

　센티스 백작이 손을 흔들자, 그들이 부리나케 이쪽으로 다가왔다. 영주라기보다는 마치 시중을 드는 하인에 가까운 모습이었다. 센티스 백작이 하하 웃으며 그들을 소개했다.

　"왼쪽부터 엔더크 남작, 벨루나 남작, 마덴 남작이네."

　엔더크 남작은 머리가 반쯤 벗겨졌고, 벨루나 남작은 호리호리하게 생기며 심정이 연약해 보이는 자였다. 마덴 남작은 얼굴부터 우울하게 생긴 자였다. 그들의 얼굴에서 영주 특유의 위엄은 찾아보기 힘들었다. 눈동자를 굴리며 힐끗힐끗 센티스 백작의 눈치를 보고 있었다.

'이곳에서 전부 볼 줄이야.'

설마 마이셀 가문을 무너뜨리는데 일조한 가신들까지 만나게 될 줄은 꿈에도 몰랐던 발렌. 그는 이를 아득 물고 자신의 생각을 들키지 않기 위해 억지로 웃어 보였다.

"반갑습니다. 발렌시아라고 합니다."

발렌은 그들과 한 명씩 악수를 하며 그들의 얼굴을 기억했다. 두고두고 기억했다가 언젠가 뿌린 씨를 스스로 거두게 만들겠다고 다짐했다. 그들과 간략하게 인사를 나누고, 센티스 백작이 다시금 그에게 말을 걸어왔다.

"자네. 황녀님과 친분이 있는 것 같은데. 특별한 사이인가?"

"남들이 생각하는 그런 사이가 아니라고 단언할 수 있습니다. 그저 벗으로 지내고 있을 뿐입니다."

"그런가?"

센티스 백작의 미소가 더욱 짙어졌다. 무슨 생각을 하고 있는 건지 모르겠다. 그의 표정이나 생각을 짐작하기 어려웠다.

"그것참 다행이로군."

순간 발렌은 센티스 백작에게서 살짝 살기가 느껴졌다가

갑자기 온화해진 것을 감지했다. 아주 찰나였지만, 그에게서 분명 살기가 나왔었다. 뭔가 좋지 않은 생각을 하고 있다는 것이 느껴졌다. 자신에게 살기를 뿜은 이유를 생각하던 때였다.

"자네, 발렌시아 아닌가?"

누군가가 발렌을 불렀다.

익숙한 목소리였다. 발렌과 센티스 백작이 뒤를 돌아보았다. 그곳에는 레딘이 주위를 감싼 여성들을 모두 물리치고 이쪽으로 다가오고 있었다.

"레딘 공자님. 오래간만입니다."

"설마 이곳에서 자네를 볼 줄이야. 자네도 혹시 황녀님이 초청하셔서 온 것인가?"

"그렇습니다."

레딘이 오자 발렌은 안도가 되었다. 제아무리 센티스 백작이라고 하더라도 남바른 공작가의 자제 앞에서 어떻게 하지 못할 것이라는 생각을 했기 때문이다. 그것이 정확했는지, 센티스 백작의 이마가 알게 모르게 좁혀졌다.

"센티스 백작이 아니십니까."

"하하, 오랜만이네, 레딘 공자. 한데 이자와 알고 있는 사이인가?"

"예. 전에 도움을 좀 받아서 알게 되었습니다. 한데 발렌과 무슨 대화를 하고 계셨습니까?"

"아무것도 아니네. 황녀님을 구한 이라는 것을 알고 잠시 흥미가 동해 대화를 나누고 있었을 뿐이네."

"그렇습니까?"

센티스 백작이 몸을 돌려 다시금 발렌시아를 바라보며 손을 내밀었다.

"유익한 대화였네. 지금 말하지만 사실 황녀님 독살 사건을 해결했다는 얘기를 듣고 자네의 충심에 감동 받았었네. 혹 어려운 일이 있거나 도움이 필요할 때는 언제든 내게 연락하게. 내 힘이 닿는 대로 도와줄 테니."

"예, 감사합니다, 백작님."

발렌이 센티스 백작과 악수를 했다. 센티스 백작은 사람 좋은 미소를 짓고는 다시 몸을 돌려 연회장의 인파 속으로 사라졌다. 엔더크 남작, 벨루나 남작, 마덴 남작도 뒤를 따랐다. 그들이 시야에서 사라지고 레딘이 그에게 물었다.

"저자가 혹시 자네에게 뭐라고 했나?"

"황녀님과 무슨 사이냐고 물어보더군요."

"황녀님과? 그건 참으로 실례되는 질문이로군. 고작 변방 영지의 백작가 주제에 황녀님에 대해 알아내려고 하다니 말이야."

동부 최강의 영지가 되었다고는 하나, 변방 영지들을 기준으로 했을 때의 일이다. 실제로 그는 중앙 귀족들에게까지 힘을 쓸 수 있을 정도로 힘이 있는 편이 아니었다. 레딘이 혀를 차며 센티스 백작의 등을 노려보았다. 그러고는 다시 발렌을 돌아보았다.

"아마 자신의 아들을 황녀님과 연을 맺게 하려는 속셈이겠지. 변방 영지의 영주로 만족할 수 없으니, 황녀님으로 하여금 길을 틀 생각일 거야. 참으로 영악하고 잔머리가 굵은 사람이지."

레딘은 평소에도 센티스 백작을 아니꼽게 봤던 모양이다. 오늘 처음 보는 발렌도 마이셀 가문을 몰락시킨 것을 논외로 하고도 센티스 백작이라는 사람 자체를 좋지 않게 평가했다. 속에 능구렁이 천 마리는 들어 있을 것 같은 사람이었다. 그나마 자주 만나 본 레딘도 별로 다를 바 없는 것 같았다.

"그는 속을 알 수 없기도 하지만 비겁자다. 앞에서는 웃고, 뒤에서는 칼을 숨기는 자이지. 다치기 싫으면 가까이해서는 안 될 인물이기도 하니 조심하는 게 좋을 것이다."

레딘은 센티스 가문을 좋지 않게 생각하는 모양이었다.

"명심하겠습니다."

"그리고 혹여 자신의 밑으로 들어오라고 해도 네게 도움이 될지, 아니면 그자가 뭔가를 꾸미고 하는 것인지 신중히 생각해서 결정하는 게 좋을 것이야."

딱히 그쪽에서 일하지 말라고는 말하지 않았다. 레딘이라고 해도 그가 어디서 일하지 말라고 할 권리는 없었다. 그가 해 줄 수 있는 것은 모든 의사 결정은 모두 발렌의 몫이고, 레딘은 의사 결정에 신중히 하라고 충고해 주는 것이었다. 발렌은 그것까지 걱정하지 말라는 듯 빙그레 미소를 지었다.

"전 이미 세인브리트 마탑의 사서입니다. 일을 그만둘 생각도 없고, 설사 그만둔다 하더라도 고향에 내려가 가족이 하는 잡화점 일을 도울 겁니다."

"그래, 다행이로구나."

레딘은 내심 안심이 된다는 얼굴로 미소를 지으며 난간에 등을 기댔다. 그는 손에 든 와인 잔을 바라보며 잠시 생각에 잠긴다. 발렌은 말없이 와인에 파도를 일으키며 그것을 감상하는 그에게 물었다.

"한데 레딘 공자님은 우연히 만난 것 같지 않은데. 누군가가 보낸 건가요?"

"왜 그렇게 생각하나?"

"나타나신 타이밍이나 굳이 인파를 뚫어 가면서 절 아는 체 할 이유는 없는 것 같아서요."

그 모습은 마치 처음부터 자신을 찾아올 목적으로 다가

온 것 같았다. 레딘은 하하 웃었다.

"맞다. 황녀님께서 귀족 자제들이 널 주시하고 있다는 것을 듣고 날 보냈으니까. 자신이 실수했다고 미안하다는 말도 전해 달라고 하더군."

"리즈가…… 아니, 황녀님께서요?"

주변에 다른 귀족들이 있다는 것 때문에 급히 호칭을 정정한 발렌. 레딘은 그에 신경 쓰지 않고 고개를 주억였다.

"황녀님께서도 나쁜 의도로 한 것이 아니니까 전 괜찮아요."

"그럼 다행이군. 나중에 내가 따로 그 말을 전해 주겠다. 한데……."

레딘이 갑자기 주변을 둘러보더니 고개를 갸웃거렸다.

"이바나는 어디 있는 거지? 분명 너와 함께 있다는 말을 들은 것 같은데?"

"이바나 씨라면 세기어 왕국의 사신이 찾아와서 대화를 하자고 하니까 갑자기 흥분하셔서 사라지셨어요."

발렌은 여전히 그녀가 왜 그렇게 흥분해서 세기어 왕국의 사신들을 따라갔는지 모르겠다는 표정이다. 반면 레딘은 이해한다는 얼굴이었다.

"세기어 왕국이라면 그녀가 그럴 만하겠군."

레딘은 이바나가 왜 그랬는지 짐작이 간다는 듯이 보였

다. 발렌은 이바나가 세기어 왕국과 깊은 인연이라도 있는
건가 생각하며 나중에 본인에게 직접 물어보자고 생각한
그때였다.

"지금 내 얘기하고 있는 거야? 혹시 내 험담한 건 아니
겠지?"

이바나가 드디어 발코니에 도착했다. 온 지 얼마 되지 않
아 무슨 얘기를 했는지 정확히 듣지 못한 것 같았다.

"늦었군."

"뭐야, 무슨 일이라도 있었어?"

이제 막 도착한 이바나는 방금 전 발렌과 센티스 백작이
만났다는 사실을 까맣게 모르고 있었다. 그녀가 무슨 일이
있었는지 묻는 표정으로 그들을 바라보았다. 그들은 동시
에 어깨를 으쓱이며 대답을 회피했다.

그녀가 없는 틈을 타서 센티스 백작이 다가왔다는 것을
알게 되면 미안하게 생각할지 몰라 대답을 회피하는 것이
다. 다만 그 사실을 모르는 그녀는 왠지 모를 소외감을 느
꼈다. 마음이 강하기도 하지만 때로는 상처를 잘 입는 그녀
다. 이 사실을 알게 되면 분명 자신을 탓하지는 않을까 해
서 말하지 않는 것이다.

"나 지금 되게 소외감 느꼈거든?"

"걱정 마라. 별일 아니었으니까."

"그렇게 말하는 걸 보니 무슨 일이 있긴 있었구나?"

추궁하는 말투와 표정으로 둘을 계속 주시하는 이바나. 그러나 둘 다 말할 생각이 없다는 것을 알고 대답을 듣기를 포기했다. 발렌이 이바나에게 물었다.

"세기어 왕국 사신과 무슨 대화를 나누셨어요?"

"상당히 유익한 대화였어. 세기어 왕국은 역시 날 알아봐 준다니까!"

그녀는 자부심 가득한 얼굴로 콧날을 세웠다. 역시 뭔가 인연이 있는 거구나란 생각이 들었다. 발렌은 세기어 왕국에 대해 아는 게 많지 않았다. 건국된 지 30년이 조금 넘은 신생국가라는 것과 추운 나라라는 것밖에 모른다.

국가가 탄생된 지 얼마 되지 않아 책에도 잘 기술되어 있지 않았다. 소문으로는 드워프들이 모여 사는 마을도 있다는 모양인데…… 발렌도 이종족에 관심이 있어 흥미가 동했던 적이 있었다.

"그런데 레딘은 무슨 일이야?"

이바나가 뒤늦게 레딘이 왜 발렌과 함께 있느냐는 듯 바라보고 있었다. 그가 그저 빙그레 웃었다.

"황녀님께서 잠시 발렌을 봐 달라 하셔서 말이지."

"마치 미아가 된 것처럼 말하네. 설마 길을 잃어서 엘리즈에게 찾아가서 길을 물어보거나 한 건 아니지?"

발렌은 이바나의 말에 하하하 웃었다.

*　　　　*　　　　*

늦은 저녁이 되었지만 연회는 여전히 진행 중이었다. 귀족들은 식을 줄 모르는 연회 자리에 남아 계속해서 춤을 벌였고, 이바나와 탑주는 다시 마탑으로 돌아갔다. 반면 발렌은 마탑으로 돌아가는 것이 아니라 황성의 배정된 방에 남아야 했다.

그 이유는 다름이 아닌 황제가 직접 그가 연회가 끝날 때까지 황성에 머물기를 원했기 때문이다. 그 연유를 알 수 없지만 마셀이 언질을 해 두었기 때문에 발렌은 마탑으로 돌아가지 못하고 꼼짝없이 연회가 끝날 때까지 황성에 남아 있어야 했다. 연회석에서 레딘과 함께 돌아다니며 얘기를 나누는데, 마셀이 발렌에게 다가왔다.

"발렌시아 님, 레딘 공자님. 황제 폐하께오서 부르십니다."

드디어 올 것이 왔구나 싶었다. 황제가 괜히 그를 이곳에 머물게 할 이유가 있겠는가. 분명 뭔가 묻거나 할 말이 있어 그런 것이라고 이미 짐작한 바였다. 그런데 막상 그 상황이 오니 잔뜩 긴장될 수밖에 없었다. 레딘이 긴장한 그를 보고 미소를 지으며 그의 어깨에 손을 올렸다.

"너무 긴장하지 않아도 된다."

황제를 몇 번이고 본 레딘이야 괜찮겠지만, 발렌은 황제를 좋지 않은 일로 처음 보았었다. 물론 지금의 황제는 그때 일을 기억하지 못하지만, 발렌은 황제의 분노를 한 몸에 받았고, 그 명령에 공개 처형까지 당했다. 그 두려움은 아직도 머릿속에 각인되어 쉽사리 떨치지 못하는 것도 사실이다.

'그런 의도로 부른 것은 아니라고는 생각하지만 트라우마라는 건 무서운 법이지.'

황제가 좋은 의도로 불렀을 테니 되도록 실례하지 않도록 조심하기로 하고 마셀을 따라갔다. 마셀이 그들을 안내한 곳은 황실의 사람들만 들어올 수 있는 황성 후문의 식물원이었다. 어둠 속에서도 빛을 발하는 발광 식물들이 주위를 밝히고 있었다. 도로와 황성 전체를 비추는 라이트 스톤과 달리 발광 식물들은 은은한 빛을 띠어 신비로움을 주고 있었다.

'발광 식물이 황성에 있을 줄이야. 처음 알았네.'

발광 식물은 조금만 관리를 소홀히 해도 금방 죽어 키우기 힘든 식물로 알려져 있었다. 또한 향도 매우 좋기 때문에 한 송이라도 가격이 꽤 된다고 알고 있다. 발광 식물의 가격은 한 송이만 해도 골드 단위. 식물원에 보이는 꽃들의 수는 어림잡아도 수백 송이는 되었다. 발광 식물을 본 것은 이번이 처음이라 발렌이 신기해하며 마셀의 뒤를 따르는 데, 어느새 황제의 앞에 도착할 수 있었다. 황제의 옆에는 또 다른 귀족이 함께 있었다.

"황제 폐하. 발렌시아 님과 레딘 공자님을 모시고 왔사옵니다."

"황제 폐하를 뵈옵니다."

발렌과 레딘이 황제의 앞에 부복하며 고개를 아래로 향했다.

"고개를 들고 자리에서 일어나라. 이곳은 대전이 아니니 편히 해도 되느니라."

황제의 명에 레딘이 천천히 자리에서 일어났다. 발렌도 눈치를 보다가 그를 따라 자리에서 일어났다. 황제는 레딘에게 시선을 향했다.

"흑마법사가 남바른 영지에 나타났다고 들었다. 게다가 흑마법사들이 자신들을 제물로 바쳐 리치를 소환했다지? 프리스트 한 명 없이 싸웠을 텐데 고생이 많았다."

"황송하옵니다, 황제 폐하."

"그래. 기사단 입단 시험 준비는 잘하고 있느냐?"

"황제 폐하의 검과 방패가 되기 위해 이 한 몸 언제든 바칠 준비가 되어 있습니다. 반드시 좋은 결과를 내어 입단하겠사옵니다!"

황제가 만족한 얼굴로 그를 바라보았다. 그리고 그 옆에 있는 귀족도 마찬가지로 만족한 미소를 띠며 자랑스러운 듯 바라보았다. 이제 보니 레딘과 상당히 닮은 것 같았다.

'혹시 남바른 공작 전하이신가?'

자신의 고향의 영주인 남바른 공작. 레딘과 얼굴이 많이 닮은 것을 보면 부자 관계라는 걸 어렵잖게 알 수 있었다.

황제는 만족한 미소를 지은 채 이번에는 발렌에게로 시선을 향했다. 자신에게 향한 시선을 보고 발렌은 자신도 모르게 몸이 움츠러들었다. 황제가 손을 들며 허허 웃었다.

"긴장할 필요는 없다. 편히 있거라."

"예, 황제 폐하."

편히 있으라고 해도 편히 있을 수 없는 분위기다. 발렌은 어정쩡한 자세로 황제를 조심스럽게 바라보았다가 자신도 모르게 계속 고개를 푹 숙였다.

"황녀를 구해 준 그대가 이번에도 공을 세웠구나. 그대는 정말 용맹한 자로다."

"아니옵니다. 제가 어찌……."

"아니다. 그대는 누구도 쉽게 할 수 없는 일을 전부 막아 주었다. 그대처럼 용맹하고, 앞장서는 자는 매우 드물지.

또한 그 결과가 전부 좋고 말이야."

황제는 칭찬 일색이었다. 남에 대한 칭찬에 팍팍한 황제가 이토록 극찬하는 일은 정말 드물다고 할 수 있었다.

"남바른 공작."

"예. 황제 폐하."

발렌의 예상대로 황제 옆에 앉아있는 귀족은 남바른 공작이 맞았다.

"이 자에 대한 소식은 들었나?"

"그렇사옵니다. 레딘이 서신을 보내어 그가 흑마법사에 대항하고, 리치에게 일격을 가해 시선을 돌렸다는 것도 들었사옵니다."

"정말 용맹한 자가 아니던가?"

"그러하옵니다."

남바른 공작도 황제의 말에 전부 긍정을 표했다. 서로 발렌을 평가하는 기준이 비슷하여 좋게 보고 있었다.

"내 마음 같아서는 이자가 재능이 없다고 하더라도 황실 마법사로 등용하려고 했는데 말이지."

발렌은 놀란 얼굴로 황제를 바라볼 수밖에 없었다. 황실 마법사로 등용하려고 했다니? 금시초문이었다. 남바른 공작은 황제의 말을 이해했다.

"혹 들여오지 못한 것은 귀족들의 반발을 우려하신 것이옵니까?"

"그렇다."

제아무리 황권이 강하다고 하더라도 귀족들의 의견을 완전히 무시할 수 없는 노릇이었다.

평민이 황실 마법사가 되는 경우가 아주 없는 것은 아니다. 하지만 그 경우는 평민 중 재능이 뛰어난 자일 때, 혹은 전란의 시기에 공을 세운 자가 있을 때뿐이다.

지금 바올라 제국은 몇백 년간 어느 국가와도 전쟁을 하지 않고 내실을 다지고 있는 평화의 시대를 맞이하고 있다. 이런 시기에 내키는 대로 황실 마법사로 등용하면 그에 대한 반발이 심할 수밖에 없는 것이다.

황실 마법사는 귀족들의 특권이다. 아주 먼 과거에는 평민들도 등용했다. 재능이 있는 자를 등용해 국력을 강하게 다진다는 의미였다. 하나 시대가 지나고, 평화의 시기가 오랫동안 지속되면서 그 의미를 잃어 버렸다.

"그대도 고생이 많았다. 이번 연회를 즐기고, 그간 쌓인 피로를 풀었으면 좋겠구나."

"황송하옵니다, 황제 폐하."

"그래, 그럼 짐은 돌아갈 터이니 남바른 공작과 얘기를 나누게나."

황제가 그들을 부른 것은 다름이 아닌 남바른 공작이 원했기 때문이다. 때마침 서로 대화를 나누다가 발렌의 얘기가 나와서 황제도 오랜만에 얼굴을 볼 겸 해서 부른 것이었다. 황제가 식물원 밖으로 나가자, 식물원 밖에 대기하고 있던 마셸이 뒤따라 이동했다. 식물원 안에는 세 명만이 남게 되었다.

황제가 나갈 때까지 가만히 고개를 숙이고 있던 그들은 황제가 시야에서 사라지자 다시 고개를 들었다. 남바른 공작이 그를 바라보았다.

"자네를 한번 보고 싶었네. 자네의 공이 정말 크더군."

남바른 공작이 푸근한 미소로 그를 반겨 준다. 그러나 군주와 같은 위엄이 깃들어져 있었다. 남바른 공작도 레딘처럼 자줏빛 눈동자였다. 그 신비로움에 잠시 넋을 놓았지만, 이내 다시 정신을 차렸다.

"그리 평가해 주시니 감읍할 따름입니다."

"자네에 대한 얘기는 황제 폐하께 많이 들었네. 엘리즈 황녀를 독살하려는 자에게서 구하고, 오우거에게서 같이 도망쳐 시간을 벌어 주었다지? 황제 폐하께서 자네를 꽤 마음에 들어 하시는 것 같더군."

"그, 그렇습니까?"

황제의 신임을 받고 있다고 하니 발렌은 살짝 얼떨떨해질 수밖에 없었다.

"게다가 남바른 공작가에게 심대한 피해를 입히려 했던 아베트의 음모를 자네가 막아 주었어. 내게 온 서신은 정말 그대가 보낸 것인가?"

엘리즈는 이미 발렌의 필체를 알고 있었다. 설마 그 서신을 엘리즈가 볼 것이라 전혀 예상하지 못했다. 남바른 공작은 이미 다 알고 있다는 눈빛이다.

"그렇습니다."

"고맙다. 자네가 그 사실을 알리지 않았더라면 큰 사달이 날 뻔했어."

흑마법사들은 항상 재앙을 몰고 온다. 제아무리 소수라고 하더라도 흑마법사가 출몰하면 마을 하나가 하룻밤 사이에 지도상에서 사라지는 일이 부지기수이기 때문이다. 흑마법사는 대륙 공통의 적. 하마터면 그의 영지에 속해 있는 마을이 사라질 뻔했다.

아니, 아베트처럼 리치를 소환해 내는 대단한 흑마법사라면 마을 하나가 아니라 남바른 공작령 전체가 위험에 빠졌을 것이다. 그가 아니었다면 재기하기 힘들 정도로 타격을 입었으리라.

"레딘이 그대를 정말 좋게 평가하더군. 황제 폐하께서도 그러하시지만 레딘도 직접 말로써 타인을 좋게 평가하는 일은 드문 일이야. 나도 레딘처럼 생각하고 있고."

남바른 공작도 발렌에게 칭찬 일색이다. 그는 자신이 생각한 그대로를 발렌에게 말해 주고 있는 것이다. 설마 남바른 공작이 자신을 이리 좋게 생각해 줄 줄은 몰랐기에 발렌도 놀란 감이 없잖아 있었다.

"자네. 혹시 우리 가문에서 일할 생각은 없나?"

얼마나 자신을 마음에 들어 하는 것인지, 남바른 공작이 직접 그를 섭외하려고까지 했다. 그러나 발렌은 정중히 이를 거절했다.

"말씀은 감사드립니다. 하나, 저는 현재 마탑에서 일하고 있는 몸입니다. 비록 도서관의 사서이지만, 저는 탑주님께 마법을 배우고 있는 입장이기도 합니다."

"그런가?"

남바른 공작이 진심으로 아쉬운 표정을 짓고 있었다.

'하필이면 다른 사람도 아니고 탑주의 제자인가……..'

대대로 기사 가문인 남바른 공작가이다. 그가 마법을 배우고 있다고 하니 심히 아쉬울 수밖에 없었다. 엘로이 가문과 남바른 가문은 서로 앙숙 같은 존재이다. 바올라 제국 최고의 마법사 가문과 기사 가문이니 자연스럽게 라이벌 구도가 만들어진 것이다.

'마법에 뜻이 있는 자라는 건가……..'

자신의 가문과 반대되는 마법을 배우는 자. 딱히 마법사를 안 좋게 생각하는 것은 아니다. 전쟁에서 기사와 일반 병사들만으로 이기기는 매우 어렵다. 그 뒤에 화력을 뒷받침해 줄 마법사는 큰 힘을 발휘한다. 다만 다른 마법사도 아니고 탑주에게 배우고 있다는 게 걸릴 수밖에 없었다. 앙숙 같은 가문이라고 해도 지킬 건 지켜야 하는 법이다. 남의 제자를 빼앗는 건 사람의 도리가 아니다. 그러나 아쉬운 것은 사실이다.

"하면 레딘과 친하게 지내도록 하게나. 서로 어려운 일이 있으면 돕고, 나누는 그런 사이가 되게."

"……예?"

발렌은 자신이 들은 게 맞는지 의심스럽다는 듯 되물었다. 남바른 공작이 다시 말해 주었다.

"친구가 되라는 말이네. 그대같이 현명한 자가 옆에 있다면 레딘에게도 의로운 일이겠지."

남바른 공작은 발렌을 명석한 이로 각인되어 있었다. 그 어려운 일들을 거의 혼자서 해결한 것이나 다름이 없으니 레딘의 옆에 두어 인연을 만들려는 것이다.

'난 그렇게까지 뛰어난 사람이 아닌데…….'

발렌은 경험과 반복을 통해 좋은 결과로 이끌었을 뿐이지, 막상 눈앞에 닥친 일을 현명하게 대처해 나갈 능력이 부족하다. 그러나 다른 이들이 그리 생각하는 것도 무리는 아니다. 그들에게는 발렌이 몇십 번, 몇백 번 반복했을 때도 그날 있던 일에 대한 기억이 전혀 없으니까.

"제가 어찌 감히……."

"사석에서는 황녀와도 반말을 하고 있다고 들었네만, 레딘이라고 그러지 말라는 법은 없지 않은가?"

발렌은 말도 안 된다는 듯이 말했지만, 그의 반론을 듣고 보니 맞는 말 같았다. 남바른 공작의 시선이 레딘으로 향했다.

"레딘. 넌 어찌 생각하느냐?"

"발렌시아가 옆에 있다면 든든할 겁니다, 아버지."

오히려 환영이라는 듯한 눈치다. 이 와중에도 결정을 못 내리고 어버버 거리고 있는 발렌. 레딘이 먼저 손을 내밀었다.

"발렌시아. 난 네가 내 친구가 되어 줬으면 한다."

"저 같은 평민이 어찌 감히…… 저 하나 때문에 레딘 공자님께 폐를 끼칠 수 없습니다."

"나뿐만 아니라 아버지께서도 인정했다. 뒤에서까지는 알 방도가 없으나 면전에서 함부로 할 수 있는 자가 있을 것 같나?"

"……"

맞는 소리다. 바올라 제국 최고의 기사 가문에게 감히 입을 놀릴 수 있는 자는 없었다. 그리고 레딘도 아루스 황자만큼 뛰어난 재능이 있음을 인정받았으며 모든 이들이 이를 주시하고 있었다. 유일하게 면전에서 함부로 말할 수 있는 자라고 한다면 엘로이 가문 사람인데, 발렌은 탑주의 제자이다.

'잠깐. 그러고 보니 나 엄청난 배경을 만들고 있는 거 아니야?'

자신도 모르는 사이에 뒷배경이 꽤 엄청나다는 것을 깨달았다. 바올라 제국 최강의 두 가문과 인연이 생겼고, 황실의 황녀와도 친분이 있다. 보나바르가 호언장담했던 대로 점점 명예를 쌓아 가고 있는 느낌이 강했다.

"넌 나와 친구가 되기 싫은 건가?"

"그, 그럴 리가 있습니까!"

잠깐 고민할 틈도 없이 찌르듯이 들어오는 말. 발렌이 깜짝 놀라 황급히 대답하자, 레딘의 얼굴에 미소가 드리워졌다.

"그렇다면 고민할 필요도 없군."

레딘이 아직도 내밀고 있는 손으로 눈짓을 했다. 발렌은 얼떨떨해하며 그 손을 잡았다.

"잘 부탁한다, 발렌시아."

"저, 저도 잘 부탁드립니다. 레딘 공자님."

"사석에 있을 때는 편히 이름만 불러. 어려운 일이 있다거나 널 무시하는 자가 있다면 반드시 내게 말하고."

"으, 응."

발렌이 어색하게 반말로 대답하며 그와 악수를 나눴다. 이를 옆에서 지켜보고 있던 남바른 공작의 얼굴에는 만족한 미소가 피어오르고 있었다.

"빌어먹을. 빌어먹을. 빌어먹을."

제1 황자인 가벨이 자신의 침소를 난장판으로 만들며 욕을 입에 담았다.

큰 소리가 났을 텐데도 밖에 돌아다니는 시종이나 하녀들은 누구 하나 안으로 들어올 생각을 안 했다.

이런 일이 한두 번 있는 것이 아닌 터라 무슨 일이 또 일어난지 짐작한 것이다.

괜히 들어갔다가 불똥이 튀길 것이라 생각한 것이다.

가벨은 이를 갈며 침대에 걸터앉았다.

"날 무시하는 것도 정도가 있지."

그가 이렇게까지 화가 난 연유는 이번 연회에 온 귀족들 때문이다.

귀족들이 하나같이 그를 멀리하고, 이야기를 하다가도 돌연 사라져 버렸다.

이번 연회의 주인공이 엘리즈인 것은 맞지만, 친분을 다지기 위한 것도 있었다.

하나 귀족들은 하나같이 가벨을 보면 인사나 잠깐의 대화만 하고, 일이 있다면서 자리를 회피했다.

한두 번이야 그럴 수 있다고 해도 만나는 이들이 모두 그러니 눈치를 채지 못할 리 없었다.

"고블린한테 처참히 패배했다고 이러는 거야?"

얼마 전과 비교하자면 너무나 다른 대우다.

자리를 회피한 귀족들은 나중에 보면 하나같이 아루스나 레딘에게 가서 즐겁게 대화를 나누고 있었다.

둘 다 미남이고, 언변도 뛰어나고, 재치 있고, 재능도 있어 그들에게 더 많이 가는 거야 이해한다.

그러나 대놓고 자신을 피하는 것을 알았을 때는 얘기가 다르다.

그 사실을 알았을 때 느꼈던 배신감은 이루 말할 수 없다.

그것을 목격하고서부터 그제야 모든 귀족들이 자신을 바라보는 시선이 무엇인지 느낄 수 있었다.

그들의 표정에서 하나같이 비웃음이 어렸다. 대놓고 표현하지 않지만, 그것이 보였다.

고블린이 영악하다는 것은 알지만, 약한 축에 속한다.

거기다 숫자도 적은 고블린의 함정에 빠져 절반 이상의 피해를 입은 것에 다들 그를 홀대하는 것이다.

"약삭빠른 쥐새끼들 같으니라고."

귀족이라는 말 자체를 쓰기 꺼릴 정도로 그는 귀족들을 안 좋은 시선으로 보고 있었다.

황위를 계승하게 되면 자신을 무시한 모든 귀족들에게 그 대가를 치르게 해 주겠다고 복수심에 불타올랐다.

그러나 그것도 잠시였다.

눈앞에 펼쳐진 현실은 이미 그가 귀족들에게 신임을 잃었다는 것을 증명한 꼴이 되었으니까.

이번 몬스터 소탕의 실패는 자신이 생각했던 것보다 더 큰 타격이었다.

다시금 자신의 실책에 대한 화가 치밀어 오를 때, 그가 심호흡을 하기 시작했다.

"후우, 진정하자, 진정해. 이 실책을 만회할 기회는 언제든 있으니까."

평소였으면 이렇게까지 하지 않고 화가 풀릴 때까지 뭔가를 부쉈을 가벨.

그러나 이번에 그는 평정심을 찾기 위해 심호흡을 하고 있었다.

누가 봤다면 놀랄 만한 광경이었을 것이다.

그가 이렇게 하는 이유는 몬스터 준동을 마치고 황성으로 돌아왔을 때 황제가 따로 불러 해 준 말이 있었기 때문이다.

실책에 대해 꾸중을 할 줄 알았지만, 아니었다.

황제는 그를 꾸중하지 않고 오히려 그를 타이르듯 설득했다.

화를 죽이고, 겸손함과 신중함을 배우라고.

또한 군주가 되기 위해서는 공포의 대상이 아니라 남들이 신용할 수 있는 그러한 군주가 되어야 한다면서.

오히려 꾸중을 들으면 잘해 보려고 무리하다가 일을 더 키우게 만드는 탓에 그를 타이르듯 말한 것이다.

뒤늦게나마 그것을 기억하고 다시금 화를 죽이는 가벨.

화를 죽인 가벨은 곧 자리에서 일어나 머리를 식히기 위해 밖으로 나섰다.

그의 침소 밖 복도는 조용했다. 그는 곧 황성 앞 정원에 나왔다. 밖으로 나오자 바람이 불어닥쳤다.

바람이 차가웠다. 그러나 이 정도는 추위도 아니다.

그는 정원을 거닐며 바람을 쐬었다. 정원에 산책을 나온 이는 가벨만이 아니었는지 간간이 몇몇 귀족들이 보였다.

정원을 지나다가 그의 앞으로 다가오는 귀족 남녀.

그들은 가벨을 보고 고개만 숙여 인사를 하고 바로 옆을 지나쳤다.

"……."

가벨의 인상이 다시금 찌푸려진다. 제대로 인사를 안 하고 그냥 지나쳤다.

이건 대놓고 무시하는 행위이지만, 그는 고개를 저었다. 정원은 비교적 어둡다.

어두워서 자신을 제대로 보지 못한 것이라 생각했다.

그러다 문득 그는 자리에 멈추고 옆을 바라보았다.

지금 그가 서 있는 곳은 황성에서 비치는 불빛에 의해 상당히 밝았다.

"……."

어두워서 못 볼 리가 없다는 얘기였다.

그가 고개를 획 돌아보았지만, 방금 전 그를 지나친 귀족 남녀는 보이지 않았다.

'대화를 나누느라 사람을 착각한 것이겠지.'

그래, 분명 그럴 것이다. 지나친 생각은 하지 말자.

머릿속으로 몇 번이나 황제가 했던 말을 되뇌며 참고 참는 가벨. 애써 진정하던 그의 머리에 다른 추측이 난무했다.

'하지만 정말 착각한 걸까?'

스스로 바꾸려고 노력한다지만 사람의 천성은 쉽게 변하

지 않는 법.

젊은 귀족 남녀가 하하호호 웃는 것조차 비웃음 같았다.

망상이 너무 지나친 것 같다고 생각했지만, 한 번 남을 의심하니 좀처럼 쉽게 떨칠 수 없었다.

심기가 다시금 불편해진다. 머리를 식히기 위해 나왔는데 오히려 복잡해졌다.

그냥 다시 돌아가서 잠이나 자자고 생각했을 때였다.

"가벨 황자."

어두운 정원 구석에서 누군가가 그를 부르며 나온다. 가벨의 시선이 그쪽으로 향했다.

검은색 복면에 어두운 복장을 한 채 나타난 이.

누가 봐도 수상쩍어 보이는 차림새이다.

가벨은 익숙한 듯 당황하지 않았다.

오히려 그자에게 순식간에 다가가 멱살을 잡아 넘어뜨렸다.

검은 복면의 사내는 전혀 아픈 감각이 없다는 듯 쓰러진 채 그를 바라보고 있었다.

가벨이 그를 풀숲으로 끌고 가 몸을 숨기며 작은 목소리로 말했다.

"네놈은 정신이 있는 게냐, 없는 게냐. 어디에 사람들이 있는지 모르는데 함부로 나타나다니. 배짱 한 번 좋구나."

"인근에 귀족들이 없다는 걸 파악하고 나타난 거다."

"건방진 놈. 아직도 내게 반말을 하는구나. 내가 누구고, 이곳이 어디인지 네가 모르는 것은 아닐 터. 내가 한 마디만 하면 네놈의 목이 떨어져 나갈 수 있다는 생각은 하지 않았나?"

가벨은 인상을 와락 구긴 채 손에 힘을 주었다. 지금 당장에라도 목을 졸라 죽일 것 같이 살기를 풍기는 가벨. 그러나 검은 복면의 사내는 무덤덤한 눈빛으로 그를 응시했다.

"내 목이 떨어져 나가면 넌 우리의 도움을 받을 수 없다는 것을 생각하지 못한 것인가?"

한 마디도 지지 않는 검은 복면의 사내의 말에 가벨이 혀를 차며 멱살을 신경질적으로 놓았다.

검은 복면의 사내는 천천히 몸을 일으키면서 옷에 묻은 먼지를 털었다.

자신이 황자임을 알면서도 예의라고는 눈곱만큼도 보이지 않는 놈이다.

정말 마음에 안 드는 놈이었다.

"소식은 들었다. 몬스터 준동에 나갔다가 큰 실책을 했다지?"

녀석의 눈초리가 옆으로 찢어지는 것을 보고 가벨이 이

마를 좁혔다.

"날 조롱하기 위해 찾아온 것이냐?"

"개인적으로는 그러고 싶지만 그럴 입장이 아니라서 말이지."

"충분히 그런 생각을 가지고 있다는 말이로구나."

검은 복면의 사내는 그저 말없이 찢어진 눈초리로 바라보고 있을 뿐이다. 녀석이 웃고 있다는 것쯤은 눈초리만 봐도 알 수 있었다. 정말 마음에 안 드는 녀석이다. 성격 같아서는 녀석을 죽이고 싶었지만, 그러지 못하는 것이 한이다.

"그래, 이번에는 무슨 일로 찾아온 거지?"

"주군께서 보낸 서신이다."

녀석이 품에서 서신을 꺼내 그에게 건넸다. 가벨은 서신을 받고서 가만히 뚫어지도록 봤다.

그의 시선은 곧 검은 복면의 사내에게로 향했다.

그는 무슨 내용이냐는 듯 묻는 표정이었다. 그러나 검은 복면의 사내는 어깨를 으쓱일 뿐이다.

"나도 모른다. 주군께서는 단지 자신의 말에 따라 행동하면 된다 하셨으니까."

정말 모르는 것 같았다. 부하가 실성하지 않는 이상 주군이 타인에게 전해 달라는 서신을 함부로 읽지 않았을 것이다. 그래도 무슨 언질이라도 해 주는 것이 기본일 터였다.

"정말 그 말 뿐이더냐?"

"거짓말할 이유가 있으리라 보나? 나도 그 외에 전달 받은 사항이 전혀 없다."

검은 복면의 사내는 정말로 그 외에는 전해 듣지 못한 것 같았다. 가벨은 다시금 자신의 손에 들린 서신을 바라보며 혼잣말처럼 중얼거렸다.

"당최 이해할 수가 없군."

"뭘 말이지?"

"날 굳이 돕는 이유 말이다. 네 녀석의 주군이 누군지도 모르고, 정체를 숨긴 채 날 도와 주다니 말이야. 실제로 그 말을 들어서 손해를 본 적은 거의 없었지만."

"그래서 불만인가?"

"내게 이득이 되는 것이니 불만이 있을 리가. 다만 네 녀석들에게 무슨 꿍꿍이가 있을 거란 말이지."

가벨은 그 꿍꿍이를 여전히 파악하지 못했다. 분명 목적이 있고, 원하는 것이 있을 터였다. 그러나 녀석이 말하는 그 주군이란 녀석은 정체를 밝힌 적도 없고, 직접 나타난 적도 없다. 그저 이렇게 서신을 보내 그에게 도움을 줄 뿐이다.

"주군께서도 손해 보시는 성격은 아니지. 하지만 분명 그 손해를 감수하더라도 네 녀석을 두둔하는 이유가 있을

터. 넌 그저 의심 없이 따르면 네가 원하는 바를 이룰 수 있을 것이다."

가벨은 그 말에 조소를 지었다.

"네놈이라면 어느 날 갑자기 나타나서 아낌없이 계속 퍼 주는 자를 그저 고맙다고만 생각하겠느냐?"

"고블린의 얕은 함정에 빠졌으나 아주 우둔하지는 않은 모양이로구나."

"네놈이 아주 제대로 실성을 했구나. 네놈에게 예의를 지키라는 말은 않겠다만 내가 언제까지 가만히 있으리라 생각하지 마라."

지금까지는 참았지만 말을 가리지 않는다면 가벨도 더 이상 가만히 있지 않을 생각이었다. 검은 복면의 사내는 한 걸음 뒤로 물러났다. 이 이상 놀리면 안 된다는 것을 깨달았기 때문이다.

"내 질문에 대답하라."

"대답할 수 있는 질문이라면."

"내게 이렇게까지 해 주는 연유가 무엇이더냐?"

가벨은 자신보다 아루스를 편드는 것이 더 좋지 않을까 싶었다.

아루스는 이미 자신의 세력을 많이 확보한 상태이고, 그만큼 뒤를 튼튼하게 받쳐 주는 이가 상당수 있었기 때문이다.

반면 가벨은 세력은 있지만, 최근의 실책으로 점점 떨어져 나가는 추세였다.

부정하고 싶지만 그것이 현실이다.

아루스와 달리 아무런 전공도 없이 몬스터 준동을 끝내고 와서 점점 자리를 잃어 가고 있는 것이다.

"나도 그 연유를 모른다. 나는 주군의 명령만을 따를 뿐. 그 이유를 궁금해한 적도 없고, 이 결정을 내린 것에 대해 의심한 적 없다. 분명 깊은 뜻이 있으실 거라 생각할 뿐."

그의 눈빛은 말 그대로 믿음으로 가득한, 그러한 눈빛이었다.

자신의 주군의 결정을 한 치도 의심하지 않는 그 눈빛.

가벨은 무시하지만, 자신의 주군에게는 아낌없는 충심을 보이고 있었다.

"네 주군이란 녀석은 상당히 머리가 좋은 녀석인 모양이로군. 너처럼 맹목적으로 따르는 이는 단 한 번도 본 적이 없는데 말이야."

"그분의 결정은 지금까지 단 한 번도 틀린 적이 없으니까."

그 말을 남기고 할 일을 마쳤다는 듯, 녀석의 모습이 다시 어둠 속에 녹아들며 사라졌다.

녀석이 있던 자리에는 공허한 바람만 불 뿐이었다. 녀석이 사라지고 가벨은 다시 자신의 침소로 들어왔다. 엉망이된 자신의 침소. 그는 침대에 걸터앉아 손에 들고 있던 서신을 뜯어 읽고서 눈이 휘둥그레졌다.

내가 그대를 황제로 만들어 주겠다. 나흘 후, 내 부하가 나타나면 답장을 전달하라.

"이건⋯⋯?"
가벨은 서신을 보고 눈이 휘둥그레질 수밖에 없었다.

Chapter 08
이반 벤 센티스

<사석 회의>

　　나라의 귀족 자제들이 훗날 나라를 주도적으로 이끌게 되었을 경우를 가정, 어떻게 할 것인지에 대해 토론하는 자리. 이 사석 회의가 실제로 많은 귀족들에게 큰 영감을 주는 역할을 했다.

　　―『천 년 제국의 기틀』5P 발췌―

＊　　＊　　＊

연회는 이틀간 진행된다.

발렌은 연회가 진행되는 동안 황성에 남아 연회를 즐길 수 있도록 황제가 배려해 주고 있었다.

어느새 그의 주변에 많은 귀족들이 모여 있었다.

"어머, 그럼 이분이 황녀님을 구하고, 흑마법사들을 상대로 싸운 자란 말이에요?"

레딘은 용모도 단정하고 미남인 데다 제국 최고의 귀족인 남바른 공작가의 자제라 귀족들이 몰려드는 것은 어쩔 수 없었다.

그런 레딘과 함께 있다 보니 자연스럽게 옆에 있던 발렌에 대한 얘기가 나오게 되었고, 귀족가의 영애들에게 둘러싸이게 되었다.

"발렌시아는 마법의 길을 걷고 있지만 제게는 벗이자 내게 많은 가르침을 줄 스승과도 같은 존재입니다, 레이디들."

전혀 적응이 되지 않았다. 발렌은 어버버 거리며 말수가 줄었다.

이를 지켜보고 있던 이바나는 뒤에서 조용히 웃고 있었다.

"지금까지 공적만 보자면 그는 한 사람이 하기 힘든 일들을 연이어 해낸 셈입니다."

"정말 대단하시군요."

미남까지는 아니더라도 그래도 평균 이상의 외모인 덕분에 귀족 영애들이 발렌에게도 관심을 갖고 가까이 다가오고 있었다.

가까이 다가온 영애들 중 발렌에게 흥미를 느낀 자들이 그에 대해 물었다.

"혹 어디 가문의 사람이신가요?"

"아, 저는 귀족이 아니라 평민입니다."

"어머, 평민이요?"

다들 발렌이 평민이라는 것에 한 번 더 놀랐다.

연회 기간 동안 발렌을 보좌하는 하녀들이 옷과 치장에 신경 써 주어 그의 차림새만 보면 영락없는 귀족처럼 보였기 때문이다.

"그럼 하시는 일은 무엇인지요?"

"세인브리트 마탑 도서관의 사서로 일하고 있습니다."

"세인브리트 마탑의 도서관도 어지간해서는 들어가기 쉽지 않은 걸로 알고 있는데, 대단하시네요!"

그 말처럼 세인브리트 마탑 도서관은 어지간한 사람들은 들어가기 쉽지 않은 곳이었다.

세인브리트 마탑 도서관에서 일하는 사람이 단 두 명밖에 되지 않기 때문이다.

그 두 명 중 한 명이 일을 그만둘 때까지 사서를 뽑지 않아 들어가서 일하고 싶어도 할 수가 없는 까닭이다.

또한 마법서를 몰래 반출할 수 있기 때문에 신용할 수 있는 자만이 들어올 수 있었다.

발렌의 경우는 매우 운이 좋았다. 제이프가 급히 사람을 구해야 해서 글을 읽을 수 있고 머리가 좋은 자를 찾다가 발렌이 눈에 띈 것이다. 발렌은 잠시 일하러 갔다가 완전히 취직하게 된 경우였다.

일도 잘하고, 성실하기까지 하니 제이프가 그를 사서로 추천한 것이다. 게다가 발렌이 딱히 마법서를 몰래 반출할 만한 위인도 아니고, 그럴 만한 배짱이 있는 것도 아니었다..

그런 사실을 아는 사람은 세인브리트 마탑에서 일하는 식솔들과 몇몇 마법사 뿐. 자신이 할 일에만 관심이 있는 마법사들은 안다고 해도 굳이 말하고 다니지는 않았다.

"혹시 추천해 주실 만한 책이 있나요?"

"음…… 제가 재미있게 본 책이라면……."

세인브리트 마탑 도서관에서 일한다는 말에 다들 발렌을 완전히 다른 시선으로 바라보는 것이 느껴졌다.

완전히 흥미가 동한 이도 있고, 신기하다는 듯 바라보는 이도 있었다.

이렇게까지 시선을 많이 받으니 괜히 부담스러워진 발렌. 귀족가의 영애들은 쉴 새 없이 질문 공세를 했다.

슬슬 목이 아플 정도로 얘기를 나누다가 지쳐 가는 가운데, 레딘이 이를 눈치챘다.

"레이디들. 잠시 괜찮을까요?"

그는 자신에게 시선을 돌리게 하며 그를 이바나와 따로 떨어뜨려놓았다.

발렌은 이바나와 따로 떨어져 한숨을 내쉬었다.

"귀족가의 영애들에게 둘러싸이니 숨을 돌리지 못하겠네요."

한 명도 아니고 몇 명이나 자신이 궁금한 것들을 계속 물어보니 한시도 입을 다물지 못한 것 같았다.

노래를 장시간 부른 것처럼 목이 쉴 것 같이 아팠다. 이바나는 그가 힘들어하는 것을 보고 피식 웃었다.

"내가 보기에는 아주 헤벌쭉했던 것 같은데?"

"제가 언제 헤벌쭉해졌다고 그러세요."

"아니야?"

"아니에요."

발렌이 적극 부정했다. 솔직히 말하자면 여성들에게 둘러싸인 것은 나쁜 느낌은 아니었다.

발렌도 건장한 남성인 터라 여성들의 관심을 받는 것이 나쁠 턱이 없었다. 하지만 쉬지 않고 계속 말한 까닭에 피로가 올 수밖에 없었다.

'레딘이나 아루스 황자 전하, 그리고 리즈는 어떻게 그리 말을 많이 할 수 있는지 몰라.'

그것이 참으로 신기할 따름이다.

"발렌시아 님."

마셀이었다. 그가 발렌에게 다가와 무언가를 건넸다.

"금일 정오에 2황녀님께서 사석 회의를 하실 예정입니다. 발렌시아 님도 참석하시라는 황제 폐하의 명이 있었습니다."

"예?"

사석 회의라는 낯선 단어에 발렌이 의아한 눈빛으로 이바나를 바라본다. 그녀가 이에 대답해 주었다.

"각각의 황실 사람 한 명과 귀족들이 모여 회의를 하는 거야. 이 나라를 이끌 사람들이니 미래에 어떻게 하는 게 좋겠냐며 회의를 하는 자리이기도 하지."

"그런 자리에 왜 제가 가나요?"

자신은 일개 사서일 뿐인데 말이다. 이 나라를 이끄는 것과 전혀 연관이 없는 직업을 갖고 있었다. 이바나가 어깨를 으쓱였다.

"뭐, 실제로는 처음 시작할 때뿐이고, 나중에는 황실 사람과 친분을 쌓아 인연을 만들려는 자리로 변하게 되지. 아마 치열할 거야. 자신을 황실 사람들에게 알리고 관심을 끌기 위해서 말이지."

아무리 그것이 사실이라고 해도 황제의 최측근 앞에서

그런 말을 해도 되는지 의문이다.

그러나 마셀은 그녀의 말에 기분 나빠하거나 부정하지 않았다. 엄연히 사실이니까.

사석 회의는 꽤 오래전부터 내려오는 전통과도 같은 일이지만, 지금은 의미가 많이 변질된 것도 사실이었다.

"그런 자리에 제가 정말 참석하라고요? 수많은 귀족들이 모이는 자리에?"

"예, 발렌시아 님."

이 연회장도 불편해 죽겠는데, 정해진 공간에서 모두의 시선을 집중 받을까 두려운 발렌.

발렌은 그런 어려운 자리에 가기 힘들다는 듯 손을 절레절레 흔들다가 말았다.

'황제 폐하의 명이니 거절할 수 없잖아!'

황제의 명령은 절대적이다. 명실상부 대륙 최강국의 군주의 명이다. 어길 수 있을 턱이 없었다.

발렌이 이러지도 저러지도 못하고 난감해하고 있는데, 마셀이 양해를 구하며 귓속말을 했다.

"황제 폐하의 밀명이 있었습니다."

"……예?!"

밀명이라는 단어에 발렌의 눈이 동그랗게 떠질 수밖에 없었다. 마셀이 이바나에게 고개를 숙였다.

"레이디 엘로이. 잠시 실례하겠습니다."

"예. 알겠어요."

워낙 조용하게 말해 마셸이 발렌에게 한 귓속말은 듣지 못했다. 발렌이 크게 놀란 것을 보면 자신이 들어서는 안 될 것이라 짐작했을 뿐이다.

그녀는 이곳에서 기다리기로 하고, 마셸은 발렌을 조용한 곳으로 데리고 왔다. 발렌은 얼떨떨한 얼굴로 그에게 물었다.

"황제 폐하의 밀명이라니요? 그게 무슨 소리죠?"

"말 그대로입니다. 황제 폐하께오서 발렌시아 님께 밀명을 내리셨습니다."

"그, 그게 뭐죠?"

잔뜩 긴장한 표정으로 마셸을 바라보는 발렌. 마셸이 발렌에게 귓속말로 그 명을 전달했다.

"황제 폐하께서 2황녀님에게 다가오려는 귀족 자제들에게서 지켜 달라 하셨습니다."

"……예?"

갑자기 지켜 달라니? 그것도 다른 이들도 아니고 귀족 자제들에게서? 발렌은 그게 무슨 명인지 이해하지 못했다.

"수많은 귀족 자제들 중 언변이 뛰어난 자들이 많습니다. 발렌시아 님께서 모든 귀족들에게 평등하게 말할 기회가 돌아가도록 도움을 주시면 감사드리겠습니다."

"황제 폐하께서는 왜 제게 그런 임무를 내려 주신 거죠?"

"황녀님과 친분이 깊으면서 언변이 뛰어난 자를 선정하는 과정에서 발렌시아 님으로 결정하셨습니다."

"저 말고도 다른 사람은 없는 건가요?"

"작년까지 레이디 엘로이 님이 그 역할을 하셨지만……그로 인해 매번 한동안 말을 할 수 없을 정도로 목을 무리시켰다 하셔서……."

그만큼 말을 많이 해야 한다는 뜻이다. 발렌도 그렇게 될까 봐 내심 두려웠다.

"황제 폐하께서 발렌시아 님을 충분히 신용할 수 있을 것이라 판단하셨습니다. 또한 발렌시아 님도 언변이 뛰어나신 것으로 알고 계신 바, 황제 폐하께서 발렌시아 님이 이를 적절히 제지하며 다른 귀족들에게도 발언권을 줄 수 있기를 원하십니다."

발렌은 황제의 의도를 이해할 수 있었다. 밀명이라고 하기에 잔뜩 겁먹었는데, 별것 아니었기 때문이다.

'그러니까 자신의 딸을 귀족들에게 빼앗기기 싫으니 적절히 견제해 달라 그것이로군.'

마셀이 대놓고 말하지는 않았으나, 귀족 자제들에게서 그녀를 지켜 달라는 것과 제지하라는 것에 그 의도를 눈치챌 수 있었다.

황제라고 해도 똑같은 사람이었다.

자신의 딸에게 접근해 오는 모든 남자들을 늑대로 보고 있는 것 같았다.

다른 귀족들에게도 적절히 발언권을 주라는 것은 한 사람만 자꾸 말하게 되면 알게 모르게 그 사람을 인식할 수밖에 없기 때문이리라.

발렌은 황제의 진짜 의도를 인지하고 작게 미소를 그렸다.

* * *

수많은 귀족들은 연회를 즐기면서 다양한 귀족 자제들과 사귈 기회를 가졌다.

센티스 백작가의 장남인 이반 벤 센티스도 중앙 귀족들과 만나고 있었으나 지루함은 도저히 떨치기 어려웠다.

"만나는 사람들마다 다 남자냐."

귀족가의 영애들은 대부분 2황자 아루스와 남바른 공작가의 차남인 레딘에게로 모여든 상황.

동부 변방에서 이름을 떨치고 있는 백작령의 장남이라고는 해도, 중앙 귀족들에게는 일개 변방 영지일 뿐. 그 이상 그 이하도 아닌 것이다.

'다들 두고 보라지. 언젠가 2황녀님과 내가 맺어지게 될 테니!'

그는 자신만만했다. 바올라 제국의 황실 사람들은 정략혼인보다 대부분 원하는 자와 혼인한다.

황제의 권위가 강한 것도 있지만, 바올라 제국과 맞설 상대가 없는 까닭이다. 그나마 맞설 수 있는 나라라면 메이어 신성 제국뿐.

프리실라 황녀가 메이어 신성 제국의 황태자에게 혼인을 간 것을 제외하면, 다들 원하는 이들과 혼인했다.

이반은 엘리즈의 눈에 들어 반드시 그녀와 혼인을 맺어 그 누구도 무시할 수 없는 영주가 되겠다는 야심을 품고 있었다.

센티스 백작은 중앙 귀족으로 발돋움하기 위해 애쓰고 있었다. 그것을 보고 자란 이반은 당연하지만 그 영향을 받았다.

중앙 귀족으로 발돋움하기 가장 좋은 것이 무엇이 있을까 고심한 결과 엘리즈 황녀와 이어지면 된다는 결론이 나왔다.

제국의 황녀와 혼인을 맺는 것 자체가 황실의 지원을 받을 수 있고, 모든 이들에게 가문을 알릴 수 있는 계기가 되기 때문이다. 이는 곧 가문의 명예와도 관련되는 일이었다.

“이반.”

익숙한 목소리가 들렸다. 이반은 아버지인 센티스 백작의 목소리임을 바로 알아듣고 고개를 돌렸다.

“아버지.”

“그래, 연회는 잘 즐기고 있느냐?”

“예, 아버지.”

“황녀님과 대화는?”

“……”

센티스 백작은 단도직입적으로 묻자 이반이 침묵했다. 그의 침묵을 보고 센티스 백작은 대충 짐작할 수 있었다.

“아무래도 별로 나누지 못한 모양이로구나.”

“……예.”

이반은 풀이 죽은 듯 고개를 숙였다. 그러나 센티스 백작은 괜찮다는 듯 그의 어깨를 두드렸다.

“걱정하지 말거라. 항상 황제께서 사석 회의를 마련하여 대화를 나눌 수 있도록 하지 않더냐.”

황제는 연회 때마다 황자와 황녀를 만나 대화할 수 있는 자리를 마련했다.

이번 연회도 마찬가지로 그 시간이 있었다. 가만히 있으면 몰려드는 자들이 너무나 많아 엘리즈가 쉴 시간이 전혀 없기 때문이었다.

공식적으로는 귀족 자제들과 친분을 공고히하여 인맥을 만드는 자리이지만, 대부분은 귀족 자제들이 자신을 황실에 어필하기 위한 자리였다.

"엘리즈 황녀님께서 널 바라보게 만들어야 한다. 알겠지?"

이반은 자신의 아버지의 눈빛에서 욕망을 볼 수 있었으나, 그가 바라는 것이기도 하다.

서로 뜻이 맞으니 거칠 것이 무엇 있으랴. 무엇보다 이반은 말재간에는 자신이 있었다.

센티스 백작을 닮아 말에 재주가 능한 이반. 이번에는 무슨 수를 써서라도 반드시 엘리즈 황녀의 눈에 들겠다고 결심했다.

"예, 아버지."

그의 눈빛도 센티스 백작처럼 욕망으로 이글거렸다.

사석 회의. 황성 내부 넓은 공간에 마련된 회의장. 그곳에서 엘리즈와 사석 회의를 갖기 위해 많은 이들이 모였다.

모인 귀족 자제들의 수만 해도 서른 명. 적지 않은 수였다. 저 많은 수의 귀족들을 전부 감당해야 한다니 어깨가 무거워졌다.

'잘하자.'

발렌은 스스로를 독려했다. 엘리즈의 바로 옆에 마련된 자리에 앉은 발렌.

시종들은 각 가문의 자제들을 자리로 안내한 후, 한 명만 남고 모두 퇴장했다. 발렌이 자리에 앉자 귀족 자제들의 시선이 그에게 향했다.

사석 회의에서는 자리가 각자 정해져 있었다.

'이 자리에 평민이 있으니 그런 거겠지.'

틀린 말은 아니지만 맞는 말이라고 할 수도 없었다.

사실 사석 회의도 나름대로 신분에 걸맞게 자리가 배치된다.

이름이 알려진 가문일수록 엘리즈와 가까이 있게 된다. 그러나 이를 몰랐던 발렌은 자신에게 몰린 시선을 착각했다.

"자네가 발렌시아인가?"

모두의 시선이 향하는 와중에, 한 청년의 뜨거운 시선이 그를 향해 있었다.

발렌이 자신을 부른 이에게 고개를 향했다. 바로 그의 맞은편에 자리한 자였다.

그가 앉은 탁상 앞에 이름이 적혀 있었다.

'이반 벤 센티스.'

센티스 가문의 후계자였던 것이다. 외모는 자기 아버지를 닮지 않은 것 같지만, 능글맞은 눈빛은 정말 똑같아 보였다.

하필 말을 걸어도 센티스 가문에서 말을 걸다니.

마음에 들지 않지만 그래도 면전에 대고 티 낼 수는 없는 노릇이기에 발렌이 정중히 고개를 숙였다.

 "예, 그렇습니다."

 "자네에 대해서는 많이 들었네."

 엘리즈에게 선물을 건넨 그 시점에서 그를 모르는 사람은 거의 없었다.

 모든 시선이 그에게로 향했었고, 그녀가 발렌이 선물을 준 그 자리에서 상자를 열어 직접 착용했으니까.

 사소해 보이지만, 귀족들에게 그 작은 행동이 의미하는 바는 매우 컸다.

 잠깐 엘리즈가 연정을 품고 있는 자가 아닐까 추측이 나왔던 적도 있었다. 그러나 알고 보니 그런 걱정은 싹 날아갔다.

 그녀를 구해 준 은인이고 세인브리트 마탑 도서관에서 일하고 있어 친하게 지내고 있다는 것을 알아냈기 때문이다.

 게다가 그의 신분은 평민. 역대 황녀들 중 평민과 혼인한 자는 없었다. 다들 명예로운 귀족 가문 혹은 타국의 귀족이나 왕실 사람과 혼인했기 때문이다.

 귀족들도 평민을 잘 쳐다보지 않는데, 황족이라고 다를 바 없는 것이다.

 "참 대단한 일을 했더군."

"감사드립니다."

"한데 사석 회의에는 무슨 일로 왔는가?"

"황제 폐하께 참석해도 좋다는 명을 받고 이 자리에 함께하는 영광을 얻게 되었습니다."

"황제 폐하께서?"

황제가 그런 명령을 내리다니. 어지간히도 그를 마음에 들어 하고 있다는 것을 알 수 있었다. 하기야, 금지옥엽 키운 황녀를 두 번이나 구해 주고, 남바른 공작가에 나타난 흑마법사를 물리치는 데도 공을 세웠다고 하지 않던가. 그 정도면 제아무리 평민이라고 할지라도 나쁘게 생각하지 못할 것이다.

'황제 폐하께서는 이번에 그를 내세워 견제하시려는 것인가?'

작년에는 이바나가 그녀의 옆자리에 앉았다. 사석 회의에 참석한 귀족들은 이미 다 아는 사실이었다.

황제가 엘리즈를 혼인시킬 생각이 없어 귀족 자제들을 훼방 놓으려고 하고 있다고.

대놓고 말하고 다니지는 않지만, 이미 귀족들 사이에서는 유명한 일화다.

'황제 폐하께서 이번에는 판단을 잘못하신 모양이로군.'

이반은 피식 웃었다. 늘 그래왔던 것처럼 이바나를 붙였으면 조금이라도 잘 해낼 수 있었을 텐데 괜히 발렌을 붙여 두었다고 생각했다.

사석 회의가 처음인 자들은 이 자리에서 대부분 말 한마디도 못하는 경우가 부지기수였다.

귀족도 아니고 평민인 그가 귀족들을 상대로 말을 제대로 할 수 있을지 문제다.

'아무래도 오늘은 나의 무대인 것 같구나.'

자신만만한 미소를 짓는 이반. 그리고 곧 회의장에 대기하고 있던 시종 한 명이 말했다.

"2황녀님께서 입장하십니다."

귀족들이 앉았던 자리에서 일어나며 박수를 쳤다. 발렌도 그들을 똑같이 따라했다. 곧 엘리즈가 회의장 안으로 들어왔다.

귀족들의 시선을 한 몸에 받으며 입장하는 엘리즈. 다들 그녀의 미모에 흠뻑 빠져 눈도 깜빡이지 않고 있었다.

'확실히 리즈가 예쁘긴, 예뻐.'

평소에 볼 기회가 많기는 하지만, 볼 때마다 그런 생각이 드는 것도 사실이다.

게다가 이번에는 화장도 하고, 아름다운 드레스를 입은 까닭에 그 미모가 한층 더 돋보였다.

'내가 준 귀걸이, 아직도 차고 있네?'

엘리즈의 귀에는 발렌이 준 귀걸이가 있었다. 그녀가 아직도 착용해 주고 있다는 것에 미소가 그려지는 발렌.

곧 자신의 자리에 도착한 엘리즈는 바로 옆에 발렌이 있다는 것에 놀란 표정을 지었다.

그녀는 발렌이 회의에 참석할 줄 몰랐다는 듯 의외라는 표정으로 바라보았다.

그녀는 이 소식을 전혀 듣지 못한 것이다. 그러나 곧 아무 일 없다는 듯 자신의 자리에 앉았다.

"모두 착석해 주시기 바랍니다."

그녀의 허락이 떨어지자 그제야 귀족들도 자리에 앉았다. 엘리즈는 주위를 둘러보고서 입을 열었다.

"이번에도 이 자리에 참석해 주신 여러분들께 진심으로 감사의 인사를 드립니다. 황제 폐하께서 훗날 이 나라를 이끌 여러분들에게 회의 주제를 주셨습니다. 바로 전쟁이 일어났을 때 어떤 일을 하여 나라를 지킬 것인지에 대해서 입니다."

주제는 늘 황제가 제시하는 것에 따라 달라진다. 작년에는 나라에 흉년이 들면 어떻게 대처하고, 민심을 보살필 것인지가 주제였다.

내정에 관심이 많은 황제는 이런 사석 회의에서 나오는 의견 중 좋다 판단되는 것들은 국정에 반영하기도 했다.

다만 이번에는 전쟁이 일어났을 때를 제시했다.

내정과 관련된 일들만 나오면 몇 가지 추론할 수 있기에 이따금 다른 주제를 꺼내 드는 경우도 적잖게 있었다.

전쟁이라는 주제가 나오자 다들 상당히 반기는 얼굴이었다.

각자 상황이 다른 만큼 전쟁에 대한 각자의 생각이 많을 수밖에 없었다.

"전쟁이 일어나면 병사들을 동원하여 나라를 위해 싸울 것입니다."

"제 가문은 타국과 가까이 있습니다. 전쟁이 일어나면 일단 영지민의 생명과 재산을 보호하는 것을 우선으로 둘 것입니다."

자신의 생각만을 고집하는 자들이 있는가 하면 몇몇은 자신의 영지의 상황, 여건을 고려하기도 했고, 누구는 병법이나 몇 가지 사례를 예시로 들어 전쟁에서 승리하겠다는 의지를 보였다.

발렌은 가만히 그들의 얘기를 들었다. 주제에서 조금 벗어나는 얘기 같았다.

황제가 묻고자 함은 전쟁이 일어났을 때 어떻게 나라를 지킬 것인지에 대해서다.

전쟁 상황 때 나라를 지키는 게 꼭 전투만 있는 것은 아니라는 소리다. 다들 의욕이 앞서서 전쟁이라는 주제만으로 토론을 했다.

그때 이반이 손을 들었다.

"황녀님. 황제 폐하께서 제시하신 전쟁이란, 타국의 침입, 몬스터에 의한 전투, 내전, 야만족의 침입. 어떤 것을 얘기하신 겁니까?"

"딱히 특정하지 않으셨습니다. 황제 폐하께선 모든 가정을 든 것이라 생각합니다."

"타국의 침입이라면 전보를 보내어 이 사태를 한시라도 빨리 알려야겠지요. 선전포고 없이 기습 공격을 가하는 사례도 몇몇 있으니 말이지요."

요즘처럼 명예를 중시하는 때에 선전포고 없이 기습 공격을 감행할 나라가 있을까 싶기도 하지만, 그러지 말라는 법은 그 어디에도 없었다.

타국에서 불명예스러운 말이 나돌지 몰라도 전쟁에서 승리하는 건 그만한 가치가 있고, 이윤이 있으니까.

나라란 힘의 논리로 모든 것을 억누를 수도 있으니까.

"먼저 타국의 침입에 대한 의견을 먼저 말씀드리겠습니다. 인근 국가와 붙어 있는 영주들은 영지민들을 피난시키는 것도 중요하지만, 그에 못지않게 한시 바삐 전보를 보내는 것이 더 중요하다 판단됩니다. 만일 급보가 빨리 전달된다면 인근 영지에도 이 사실을 빠르게 알고 미리 대처할 수 있으며, 후방의 공방들이 모두 가동하여 전쟁을 오랫동안 지속해도 물자가 부족해지는 일은 적어지지 않겠습니까?"

전보를 빨리 보내는 것은 당연시 되는 일이지만, 이곳에 있는 귀족 자제들은 미처 생각지도 못했다는 듯 보였다.

그도 그럴 것이, 다들 전쟁 경험도 없고, 전투에 나서서 싸워 공을 세울 생각밖에 못했기 때문이다. 너무 당연해서 이를 놓치고 있어 다들 한 대 얻어맞은 기분이었다.

'너무 쉽군.'

처음부터 자신이 이 회의를 주도할 수 있게 되었다는 것에 이반의 얼굴에 미소가 떠나가지 않았다.

그는 자랑스럽게 자신이 생각했던 바들을 말했다. 그리고 우월감에 젖은 채 몰아붙이기로 했다.

몰아칠 수 있을 때 몰아쳐야 한다. 그것이 이번 사석 회의에서 이반이 생각한 전략이다.

그렇게 한동안 그 주제로 열띤 토론이 계속되고, 발렌이 자리에 일어서서 그 주제에 대한 자신의 생각을 말하고 있었다.

'정말 말 잘하는군. 음?'

이반은 언제부터인가 자신의 말이 끝나고 다른 이들이 말하고 있는 것을 발견했다.

너무 자연스러워서 인지하지 못했다가 자신의 침묵이 길어지니 그제야 눈치챈 것이다.

'나도 모르는 사이에 너무 열중했나 보군.'

전쟁이라는 주제는 대화 중에 한 번 씩 나오는 주제라지만 남자들이라면 무릇 그에 대한 환상을 갖고 있기 마련.

이반은 다시금 자신에게 관심을 쏟고 다시 기회를 잡기로 했다.

'어?'

그리고 정신을 차리고 보니 어느새 또다시 그는 자리에 앉아 지켜보고 있는 입장이 되었다.

한 번은 그럴 수 있다 쳐도 두 번은 이해할 수 없었다. 왜 이렇게 되는 것인지 의문이 들자 가만히 상황 파악을 했다.

그는 곧 그 원인을 찾을 수 있었다.

"제 생각은 이렇습니다. 혹시 다른 분들께서는 제 생각에 동의하십니까?"

'뭐야, 저 평민……'

바로 발렌이었다. 그는 아주 자연스럽게 자신의 말을 하면서 제대로 말하지 못하는 다른 귀족들에게도 발언권을 주고 있었다.

작년에는 엘리즈와 친한 이바나가 저렇게 했던 것으로 기억한다.

다른 사람임에도 그는 이바나처럼 행하고 있었다.

'아니, 오히려 그녀보다 더⋯⋯.'

언변이 뛰어나다는 생각이 들었다. 이번에 이바나가 훼방해 놓을 것을 대비해 만반의 준비를 하고 있었는데, 그 준비가 무색해지게 만들어 버렸다.

'이대로 포기할 수 없지.'

이반은 기회가 있을 때마다 계속 자신이 주도하기 위해 노력했다.

반드시 이 회의를 자신이 주도할 수 있도록 해야 한다. 꼭 그래야 한다.

엘리즈가 자신을 볼 수 있도록 하기만 하면 충분하다. 그렇게만 한다면 기회는 분명 있다.

이반은 그런 자신감이 있었다. 그러나⋯⋯.

"그렇게 생각할 수도 있는 것이었군요. 제가 아직 공부가 부족하다는 걸 뼈저리게 깨달았습니다. 하하하!"

'어째서?'

또다시 발렌의 주도로 넘어왔다. 이제 슬슬 분위기를 바꾸려고 하는데도, 그가 다시 본 사석 회의에 맞게 미래에 국정을 어떻게 할지에 대한 주제를 다시 끌어 올렸다.

이바나도 이렇게까지 하지 못했다. 자신을 어필할 기회를 원천 차단해 버렸다.

아니, 오히려 그는 자신을 낮추면서 다른 이들을 띄워 발언권을 전부 다 갖도록 하고 있었다.

'저, 저 녀석. 도대체 뭐야!'

사석 회의는 그렇게 시간을 끌게 되었고, 결국 그 누구 하나도 자신을 어필할 기회를 얻지 못하고 동등하게 발언권을 얻는 것으로 끝이나 버렸다.

* * *

"이건 말도 안 돼!"

사석 회의가 끝나고 배정된 방에 돌아온 이반은 주먹으로 탁상을 힘껏 때렸다.

도저히 납득할 수 없었다. 고작 평민 따위가 그 자리를 주도하다니. 자신이 준비한 모든 것이 무력하게 되어 버렸다.

이 말도 안 되는 사태에 그는 기가 막힐 수밖에 없었다.

"평민 따위가. 고작 평민 따위가!"

자신의 계획을 방해해 버렸다. 그것도 너무나도 쉽게 말이다. 도무지 이해할 수 없는 범주였다.

다른 이들은 눈치채지 못한 것 같지만, 이반은 다들 어느새 발렌에게 푹 빠져 있다는 걸 깨달았다.

이를 알고 있던 이반도 자신도 모르게 푹 빠져들 정도인데 이를 생각도 못한 이들은 오죽할까.

그 덕분에 사석 회의가 끝난 후, 발렌은 사석 회의에 참석한 귀족들과 친근하게 대화를 나누게 되었다.

원래 그의 계획대로라면 발렌이 아니라 자신이 그리했어야 했을 것이다.

"빌어먹을."

이반이 이를 아득 깨물었다.

만족스러운 결과를 기다리고 있을 아버지가 얼마나 실망하실까.

'용서치 못해.'

이 날을 손꼽아 기다리고, 철저히 준비를 했던 이반. 이를 전부 물거품으로 만든 평민, 발렌시아.

그 놈을 용서하지 못하겠다. 고작 평민 따위에게 언변에서 밀렸다는 것부터 수치스러웠다. 이대로 끝낼 수 없었다.

"발렌시아. 평민 주제에 감히 자기 분수도 모르다니. 내가 네놈을 철저히 짓밟아 주마."

모든 걸 망친 발렌을 향한 적개심이 하늘을 찔렀다.

<다음 권에 계속>